Illustration©Akari Kita
「そなたの肌の感触も、中の感触も……
その艶めかしい表情も、全てが私を虜にする」

Tiara Label

ティアラ文庫

# 天上艶戯

## 銀の皇子は無垢な桃花を寵愛する

桜舘ゆう

presented by Yuu Sakuradate

プランタン出版

目次

※本作品の内容はすべてフィクションです。

# プロローグ

「帰れ」

香桃霞《こうとうか》が通された広間に、幼い少年の凛《りん》とした声が響きわたる。その少年の声は、これから桃霞が侍女として仕える主《あるじ》のものであった。

天界の帝《みかど》の第一皇子である彼に拝謁するため、下界の〝公主〟らしく美しく着飾っている桃霞は、赤い絹布《けんぷ》が敷き詰められた床に膝立ちになり、恭《うやうや》しく頭《こうべ》を垂れていた。

彼は御簾《みす》の向こうにいるため、少年の姿は桃霞からは見えない。

尊《とうと》い身分の彼は、桃霞よりも数段高い位置にいる。

御簾の向こうにいるはずの幼き天界の皇子の侍女として仕えるよう託宣《たくせん》がくだり、下界から来て早々、桃霞は新しい主の顔を見ることなく追い返されようとしていた。

沈丁花《じんちょうげ》が刺繍《ししゅう》された艶《あで》やかな上襦《じょうじゅ》を着ている桃霞の背中には冷たいものが流れていく。

「この者は先だって月天子《げってんし》が下界に帰された侍女に代わる者。天帝がお選びになられた侍女です。ご理解くださいませ」

桃霞の傍に控えていた女官長が、口を挟んできた。

「侍女は不要になったから下界に帰したのだ。よって新たな侍女は不要だ」

幼さの残る声で命じる調子は淡々としていたが、それでいて女官長の言葉を撥《は》ね返す強さを持っていた。

(よ、よかった……不要だから帰れと言っているのね……正体がバレてしまったのかと思ったわ……)

幼き天界の皇子——天帝の第一皇子、白龍《はくりゅう》月天子。

天帝は太陽を司《つかさど》る帝。そしてその子息は月を司る帝ということで、第一皇子は月天子と呼ばれている——らしい。

彼にも名前はあるのだろうが、人間の娘が知る必要がないからと女官長からは聞かされていない。

〝人間の娘〟とはいえ、託宣がくだったのは崔《さい》国の公主であったから、下界であればその身分は尊いものだ。

——桃霞が本物の公主であればの話ではあったが。

「なれど……月天子には身の回りの世話をする者が必要でございます」

しまう。

「そう思うのであれば、そなたらが私の世話をすればよい」

月天子がそう言うと、彼が住んでいる離宮を取り仕切る女官長は、青ざめて俯《うつむ》き黙って

(……そうよね……)

桃霞は彼の話はもっともだと思った。

月天子の世話は全員人間の娘がするものなのかと思っていたが、いざ天界の離宮に連れてこられると、自分以外は皆天界人なのだ。

そのことに桃霞は真っ先に違和感を覚えた。

天帝の唯一の子息である、月天子の側仕えだけが人間だなんておかしい。

尊い身分であればあるほど、その側仕えの人間も、それなりの地位のあるものでなければならないのが普通だ。

(……私は……そうではなかったけれど……)

かつての女主人を思い出していると、御簾の向こうから声がする。

「……宋淑蘭《そうしゅくらん》」

幼い声が再び広間に響く。

「は、はい」

突然名を呼ばれて、桃霞の肩が跳ね上がった。

「そなたとふたりだけで話がしたい。他の者は呼ぶまで下がっておけ」

「は、はい」

女官長は数名の女官と共に広間から出て行った。

桃霞の額に汗が浮かぶ。

（ふ、ふたりだけって……やっぱり……バレているのかしら……）

相手は幼いとはいえ神様だ。

桃霞が身代わりで天界にやってきたことなどお見通しなのではないか。

——託宣がくだったのは、崔国の公主、宋淑蘭であって自分ではない。

淑蘭は桃霞の女主人の名で、桃霞が幼い頃に位があまり高くない武官だった父が戦で亡くなり、母は行方《ゆくえ》不明《ふめい》という、なんの後ろ盾もないまま宮廷で婢女《はしため》としてまめまめしく働いていた桃霞に目をかけてくれ、年齢は同じであったがまるで妹のように大事にしてくれた恩人だった。

淑蘭公主の侍女という地位を与えてくれ、彼女が持つ文房四宝《ぶんぼうしほう》や書物を下賜《かし》される。書に慣れ親しめば、いつかそれが役に立つかもしれない。と淑蘭自らが彼女に書を教えてくれた。

たくさんの書物に触れ、桃霞は水を得た魚のように本を読むことに夢中になり、高名な人物が描いた文字の臨書《りんしょ》にも楽しみを覚えた。

ただの婢女であれば学べなかったことを、淑蘭のおかげで学べた。

そんな淑蘭に託宣がくだり、淑蘭もそうだったが、桃霞もひどく衝撃《しょうげき》を受けた。

淑蘭がいなくなれば、自分の居場所がなくなる――。

淑蘭は天界にあがることを嫌がっていたし、自分が代われるものなら代わりたいと本気で思っていた。ただ、それが単なる身代わりなどではなく、神を欺《あざむ》く所業《しょぎょう》であったから、託宣がくだってから毎日泣き暮らしている淑蘭に、何も言えなかった。

――だから。

淑蘭が天界からの迎えが来る日に姿を消し、淑蘭の代わりに桃霞が彼女のふりをして天界に行くことを今上帝《きんじょうてい》に命じられたときも、動揺《どうよう》などしなかった。

ようやく淑蘭に恩返しができると思えたのだ。

身代わりだと、バレて命を落としたとしても本望だった。けれど、隠し通さなければならないということも桃霞は理解している。

偽者がやってきたとなれば神の怒りに触れ、崔国がどうなるか。想像するだけでもぞっとさせられた。

短い階《きざはし》の上にかかる御簾に小さな影がふと写った。月天子が、御簾の側までやって来たのだろう。

「遠慮《えんりょ》はいらぬ……帰ってよいぞ。ここはそなたら人間がいて愉快《ゆかい》な場所ではない」

さきほどとは違い、威圧感《いあつ》は消えて、幼い少年の柔らかな声が聞こえてきた。

(でも……私にはもう帰るところなどないわ)

神様も恐ろしいが今上帝の命令とて、崔国の民である桃霞は逆らうわけにはいかないのだ。

ましてや、今の桃霞には頼るべき淑蘭がいない。たとえ、淑蘭が今上帝のところに帰っていたとしても、自分が代わりに天に昇ったことを知っているだろうから、彼女のもとには戻れないのだ。

「そ、その……もし……ご迷惑でないのでしたら、私を……ここに置いてはいただけないでしょうか。侍女はいらないと仰せになるのであれば、婢女としてでも、なんでも構いません。掃除《そうじ》でも洗濯《せんたく》でも……やれることはなんでもさせていただきます」

御簾越しに見える影がゆらりと揺れる。

「……そなたがここにいたいと言うのであれば、いればよい……」

「あ、ありがとうございます」

桃霞は深々と頭を下げた。

しゃらん、と金歩揺《きんぽよう》が音を立てて揺れる。

「……そなたに名をやろう」

「え？　名前……ですか？」

「桃の花のようであるから、桃霞と名付ける」

心臓が口から飛び出てしまうのではないかと思うくらい驚《おどろ》かされた。

何故《なぜ》、よりにもよって桃霞なのだろう?

「よいか?」

「は、はい、ありがとうございます」

「おい、こら、待て!」

「えっ?」

御簾からしゅるりと小さな真っ白い仙龍《せんりゅう》が現れて、桃霞の周りをぐるぐると飛び回った。

その全長は一メートルほどであろうか……。彼女の周りを舞うように飛び続ける仙龍に桃霞は戸惑《とまど》う。

「あ、の……」

「……その仙龍は私の半身の白龍だ……」

「あぁ、だから子仙龍なのですね」

「あと数週間もすれば、仙龍も私も成人し、仙人の儀を受ける……誰かを傷付けることなく、ひとりで生きられる。今だって、もう乳飲《ちの》み子ではないのだからな……」

(傷付ける?)

そんな話をしている間も、白龍は桃霞の周りをぐるぐると飛んでいた。

（……なんだろう……？）

近寄りたいと思っているのに白龍が〝遠慮〟をしているように見える。撫でられたいのに、近寄るのをためらっているように見えた。

桃霞が白龍に手を伸ばすと、ふわりと近寄ってきた。

「触れては駄目だ！」

御簾を跳ね上げ少年が慌てたように飛び出してきた。

実年齢はわからないが、見た目は十二歳くらいのあどけない……とまではいかないが、声の調子だけでは感じられない可愛らしい少年だった。

烏《からす》の濡《ぬ》れ羽《ば》のような艶やかな長い黒髪を結い上げて、豪奢《ごうしゃ》な冠《かんむり》をかぶっている。冠には月の印が刻まれているから、月天子の証《あかし》の冠なのだろう。

——と、彼が飛び出してきたときには、桃霞の指先は白龍の腹に触れていた。子仙龍だから鱗《うろこ》が発達しきっていないからなのだろうか、白龍の腹はふかふかと柔らかで温かな感触が指に伝わってくる。

「す、すみません……ご無礼を……」

「手を見せろ」

白龍に触れたほうの手を強いくらい摑まれて、桃霞は痛みのあまり眉根《まゆね》を寄せる。

「痛むのか？」

「月天子のお力が少々……」

そこで、彼もはっとする。

「すまない、怪我《けが》はないか——？」

月天子は慌てて手を放し、桃霞の白い指先と手首を見つめた。

「少々強く握られたくらいで、怪我などしません」

大仰《おおぎょう》に騒ぐ彼に、驚かされながらも桃霞が返事をすると、月天子もまた驚きを隠せない表情で、彼女の手を見つめていた。

「焼け爛《ただ》れて……いないようだな……私が触れたところも、白龍に触れた指先も」

「熱くなかったですよ？　温かかったですけれど……」

何か感想でも言わなければいけないような気にさせられて、桃霞がそんなふうに告げると、月天子は大きな溜息《ためいき》をついた。

「……あぁ……そうか……よかった。そなたに何もなくて何よりだ」

小さな皇子はほっとした声で、白龍を手元に呼び寄せ、自分の肩の上に乗せた。

ちらっと桃霞は月天子を見た。

艶やかで濡れ羽のような美しい髪。女人のごとく真珠《しんじゅ》のような白い肌。すっきりと切れ上がった黒い瞳。

それが涼やかな少年の姿をした天帝の子息である、月天子の姿だった。

（……本当は何かあるのかしら？）

何か起こるべきところだったが、何も起こらなかった。

彼の態度はそんなふうに見えた。

（焼け爛れて——？）

月天子の言葉を思い出すが、白龍の腹も月天子の手も、人のぬくもりと同じように温かいとは感じたが、焼けるような熱さは感じられなかった。

彼女が感じた疑問をまるで読み取ったようにして、彼は苦笑する。

「私が触れれば、触れられた相手は火傷《やけど》を負う。そなたが天界人であれば、今頃大火傷を負っていただろう」

「あぁ、だから……月天子の侍女は人間でなければならないのですね？」

桃霞の言葉に、月天子は首を左右に振る。

「いいや、人間であっても火傷はする。天界人ほどの大怪我はしないというだけだ……触れられた者の能力によって火傷の具合が変わってくるようだ」

「能力？」

「わかりやすく言えば〝位〟や〝身分〟といったところだ」

黒々とした黒曜石《こくようせき》のような瞳でまっすぐにこちらを見られ、桃霞は背中に冷たいものを感じた。

桃霞は淑蘭公主ではない。下位の武官の娘で、本来はこうして〝神の御子《みこ》〟と対峙《たいじ》することなど許されるような出自ではないのだ。

「……私の乳母《うば》は人間だった……私に触れて火傷を負うたび、私が治したが――すぐさま治癒《ちゆ》するからといって怪我することを恐れぬ者などおらぬ。だから……下界に帰したというのに」

幼い皇子は桃霞の手をじっと見つめてきた。

「本当に……大丈夫なのか？」

「はい、なんとも……」

上襦の長い袖を捲り上げ、桃霞が腕を彼に見せると、月天子は安堵《あんど》したような表情になった。

「大事なくてよかった」

偽者の自分を彼が心配してくれている。

そのことに胸が痛んだが、桃霞は背の低い月天子の前で床に膝をつく。そして再び願った。

「……お願いいたします……白龍月天子。私を……」

神の子である彼の傍に置いてくれというのはおこがましかった。だから。

「なんでもできることはさせていただきますので、天界に置いてください……人間の娘でしかない私に、いったい何ができるのかとお思いになるかもしれませんが」

「さきほども言った。そなたがここにいたいと言うのであれば、いればよい。強制をしたくないだけだ……」

幼い少年が苦笑すると、白龍が月天子の肩からふわりと飛び、桃霞の肩へと移動してきた。

「……仙龍を初めて見ましたが……仙龍は温かい生き物なのですね……」

肩に乗るぬくもりを感じながら桃霞が彼に言うと、月天子は唇の端を上げた。

「白龍は私。私は白龍だ。入れ物が違うだけで中身は同じ魂《たましい》が入っている……はずなのだが……どうも今日は勝手が違うな。白龍の暴走を止められない。白龍《それ》は私であるはずなのに」

首を傾げた月天子の冠から、真珠の飾りがしゃらりと揺れる優雅な音が聞こえた。

(尊き御方――)

幼い月天子に対して、桃霞は敬意を込めて深々と頭を下げることしかできなかった。

# 第一章　月天子の手習い

「そ、それは本当ですか？」

桃霞が月天子の側仕えになってからというもの、彼が桃霞に何か命じてくることはなく、彼女に与えられた豪奢な房室《へや》で天界での仕事は何もできないまま退屈な日々を送ること数日。

拝謁に使われる広間の掃除でもと桃霞が彼に願いでたところ、案の定、断られてしまい、その後なんとなく話をしているうちに、彼もまた〝何もせず〟に日々を過ごしていることを聞かされ驚愕《きょうがく》した。

何もしないというのは、何も学んでいない――という内容だった。

「神様なのに？」

今日も御簾越しの対面だった。

女官は数名いるが、女官長は月天子を敬う様子は見せているものの、同時に恐れているのか、今日は同行していなかった。

「……大人になれば、全て忘れる。それが古《いにしえ》からの習わしである。だから、仙人の儀が終わってからでなければ、何を学んでも無駄になる」

「……習わし？」

彼の言い方に引っかかりを覚えた。

それは〝忘れてしまう〟という類《たぐい》のものではなくて、無理やり忘れさせられるものなのか――？

白龍が御簾の向こうでそわそわと飛び回っている様子が影となって映しだされていた。

白龍の動く姿に女官たちは蠢《うごめ》く影に恐れを抱くように長い袖で口元を隠し、体を震わせている。

女官たちが怖がっているのが、桃霞にもはっきりとわかった。

（そんなに恐ろしいの……？）

なんの位も持たないただの人間の桃霞には、月天子が持つ〝恐ろしさ〟がわかりかねていた。

天帝の子息であるから敬い、尊ぶべき人物であるのは理解できたが。

（彼女たちが彼を敬おうとする気持ちはわかる、けれど……恐れる理由はわからないわ）

「……〝淑蘭〟以外は下がるがいい」

月天子の幼い声が響くと、そそくさと女官たちが赤い絹布が敷き詰められた豪奢な広間から出て行った。

彼は何故か、ふたりきりのとき以外は桃霞のことを淑蘭と呼ぶ。何故だろうと疑問に感じながらも、それを聞いてしまえば墓穴《ぼけつ》を掘ってしまいそうで、桃霞はそのことには敢《あ》えて触れずにいた。

御簾の内側からゆっくりと月天子が白龍を伴って出てきた。

短い階を下り、膝立ちの桃霞の前まで歩み寄ってくる。ふわりと典雅《てんが》な香りが桃霞の鼻腔をくすぐった。

「下界とは違い、天界の時間というものは恐ろしいほど退屈で緩慢《かんまん》に流れている。急《せ》いてしなければいけないものなど、何もないよ」

自分よりも幼いと思わされる小さな皇子が、大人びた口調《くちょう》で淡々とそう言った。

初めて対面したときから感じていたが、彼は花が開く直前のような優美さを持っているのに、感情の全てを削いでしまったかのようにいつでも淡々としている。

口調もそうだったが、立ち居振る舞いが少年らしくないのだ。

姿は十二歳ほどの童子《わらし》であるがもしかしたら実年齢は、もっといっているのかもしれない。

（……でも、もう乳飲み子ではないと言っていたし……）

やはり見たままの年齢なのだろうか？

仙人だの神様だのに出会ったことがなかったから、桃霞にはわからなかった。

ただ、黒曜石のように美しい瞳には何も映していないような、無表情さが気にかかっていた。

拱手《きょうしゅ》したままの姿で桃霞は彼に聞く。

「何を学んでも無駄になる……というのは、儀式のときに忘れさせられる……からですか？」

桃霞がそう言うと、月天子は美しい口元を歪《ゆが》めた。

微笑《ほほえ》んだのだろうが、どうにも厭世《えんせい》的なそれに感じられて、桃霞は不思議に思えた。

「まぁ、そういうことだ」

袖口に金糸《きんし》銀糸《ぎんし》の精緻《せいち》な刺繍がなされた雪のように真っ白い長袍《ちょうほう》を着ている見目麗《みめうるわ》しい月天子。

天帝の子息という立場であるなら、女官らは進んで彼の世話を焼きたがりそうなものなのに、そうしないのは何故なのだろう。

怪我をするから――？

（……淑蘭公主……）

美しい女主人。

家族というものを知らない桃霞を、まるで本当の妹のように可愛がってくれた人。今はどうしているだろうか、元気にしているだろうか。

(だめだめ！　淑蘭様のことは忘れないと。今の私の主は、月天子なのだから)

ふと顔を上げると、月天子と目が合った。

黒曜石のように美しく輝いている双眸《そうぼう》は何か言いたげだった。彼はいつからこちらを見ていたのだろうか？

「あ、の……月天子の瞳は綺麗ですね」

思わずそんなことを言ってしまうと、小さな少年は目を丸くさせた。

「綺麗？」

「はい。まるで宝石のようです」

「……そうか、せっかく気に入ってくれているのにすまぬが、瞳をやるわけにはいかない」

「い、いりませんよ‼」

本気なのか冗談なのか、彼が無表情だからわからない。

「それに……月天子が持つものだから、美しいのですから……」

そう。

童子の姿をしながらも、魅力的な彼の瞳だから美しいと思えるのだ。

とくんと胸の奥が跳ねる感じがした。この感覚はなんなのだろう？　彼はまたもや桃霞をじっと見つめてきていた。

厭世的な瞳であるのに美しいと思えて、吸い込まれてしまいそうになるのは、彼が人間ではなくて、神人だからなのだろうか？

「鷹叡《ようえい》だ」

「え？」

「私の名だよ。女官長はそなたに教えなかったのか？」

桃霞の肩の上に白龍が甘えるように乗ってくる。

「はい、私は人間の娘ですので……わざわざ教える必要はないとお思いになったのでしょう。どうか女官長をお叱《しか》りにならないでくださいね」

指先で白龍の顎《あご》を撫でると、子仙龍は気持ちよさそうに赤い瞳を細めた。

「桃霞よ。白龍のどの場所を撫でても構わぬが、顎は駄目だ」

「え？　あ、は、はい……申し訳ありません」

「叱ったのではない。龍の顎には一枚だけ逆鱗《げきりん》がある。そこにはけして触れてはならぬのだ。白龍が暴れれば、私も制御できぬ」

（逆鱗に触れる――）

その言葉を思い出し、桃霞ははっとさせられた。

「わかりました。以後、気を付けます」

「背や頭は、撫でてやるとよい」

「かしこまりました」

白龍の背中をそっと撫でると、白龍は先ほどと同じ反応を見せた。

——赤い瞳の白龍。

月天子の〝半身〟だと言っていたが、姿はまるで違う。

(まぁ、天界人の白龍月天子とはいえ、龍と同じわけがないものね)

「……白茶でも、飲むか?」

そう彼は言うと、御簾の中に入り、ちりんと黄金の飾り紐がついた手振鐘を鳴らした。

「お、お呼びでしょうか……月天子」

女官がやってきた。

それから、桃霞の肩に白龍が乗っているのを見て、ぎょっとしていた。

「白茶を淹れてくれ。私と、淑蘭の分だ。あと何か、茶請けの菓子も」

「か、かしこまりました」

薄紫の女官服を着た女性は恭しく頭を下げると、部屋から出て行った。

「白茶なら、私が淹れましたのに」

「淑蘭公主は、茶を淹れるのが得意だったのか?」

「はい……茶を淹れるのも好きでしたので」

「そうか、ならば、そなたに頼めばよかったな……ぁでも」

月天子の黒い瞳が、桃霞に擦り寄ったまま一向に離れようとしない白龍を見つめる。

「……その姿で広間から出れば、女官たちが皆、驚くだろう」

その姿というのは白龍を肩に乗せた姿、という意味だろうか。

「でも、私は託宣がくだり、月天子のお世話をする女官ですので……」

(正確には〝私〟ではないけれど)

心がちくりと痛む。

それは下界に戻りたいであるとか、そういった気持ちなどではなく、目の前の童子の姿をした神を欺いているせいだ、と桃霞には思えた。

神を欺いていているという感情よりは、こんなに幼い子(実年齢はわからないが)を騙《だま》しているということが胸を痛くさせるのかもしれなかった。

「月天子は普段はどういう生活を送られているのですか?」

「鷹叡だ……」

ぽつりと彼は言う。

彼は相変わらず、表情の削げ落ちたような顔で、傲岸《ごうがん》な態度でないのが余計に彼の心の奥底に何かがあるように思わされてしまう。

「失礼いたしました……ええと……鷹叡月天子とお呼びすればいいでしょうか?」

「鷹叡で構わない」

「鷹叡様?」

桃霞が彼の名を呼ぶと、彼は形の良い唇を僅《わず》かに歪めた。それが微笑《びしょう》なのだと気付くのに時間がかかった。

稚《いとけな》い月帝が、これまでどんなふうに過ごしてきたのか桃霞にはわからなかったが、どうしてか無性に抱きしめたくなった。

恋情などではない。今まで感じたことのない母性本能が、彼女の体を動かしていた。

典雅な香りを纏《まと》う鷹叡を、抱きしめる。

彼はひどく驚いた様子だったが、鷹叡の半身である白龍は嬉しそうにふたりの周りを飛んでいた。

「えっと……すみません……つい……ご無礼を」

それでも、彼の小さな体を手放し難くて抱きしめたままでいると、鷹叡は呟《つぶや》いた。

「構わぬ……私の、普段の生活の件だが、先にも述べたように何もしていない。ただ緩慢に流れる時の流れに身を任せているだけだ」

「退屈ではないのですか?」

「……退屈……〝それ〟がどういったものなのかが、私にはわからない。ただ、私に関わる者が傷付く姿には心が痛む。だから……何もしないのがよいことだと、思っている」

「火傷……のことですか？」

「そうだ」

鷹叡は小さく息を吐いた。

「……だから誰も私に関わりたがらない」

「それは……お父様の天帝や、お母様も……ということでしょうか？」

「……ああ、そうだ……」

なんの感情も籠《こ》もっていない鷹叡の声を聞いて、彼が離宮に住まわされているという部分で、察するべきところであったのに、童子のような小さな鷹叡にわざわざ言わせてしまったことを後悔《こうかい》する。

「……すみません、ひどい質問でしたね……」

「構わない。ところで……別に私はこのままでもよいが、そろそろ白茶を淹れた女官が戻ってくる頃ではないかな」

「あっ、す、すみません」

ぱっと鷹叡から離れると、待っていたかのように白龍が桃霞の肩の上に乗ってきた。

「本当にそなたは、私に触れても火傷を負わないのだな」

物憂《ものう》げな視線でどこか遠くを見ながら、彼が呟く。

「そうですね……ですから、私にはなんの遠慮もいりません……鷹叡様。だって……傷付かないんですもの。私は平気です」

「……ん」

自分は天帝が選んだ公主ではないけれど、それでも、ずっと彼の女官として働きたいと桃霞は思ってしまっていた。

それはただ帰る場所がないというだけの理由ではない。

自分がここに来たのは偶然だったが、単なる偶然のようにも思えなかった。

(……鷹叡様の乳母は、どんな方だったのかしら……)

人間だったという彼の乳母が〝帰りたがった〟から下界に帰したのか——それとも。

そうこうしているうちに彼が言ったとおりに女官が戻ってきて、広間の奥の房室で白茶を飲むことになった。

卓子に置かれた白茶と睡蓮《すいれん》の形をした酥餅《パイ》は美味しそうに見える。

陶器《とうき》の入れ物に入っている揚げ酥餅を、鷹叡はぱくりと頬張った。

「よ、鷹叡様……！」

思わず声を上げてしまう。

尊い身分の者が何かを食するとき、下界では必ず毒見役が毒見をするのが常であったから、桃霞はなんのためらいもなしに酥餅を食べてしまった鷹叡に驚く。

「どうかしたか？　そなたは酥餅は好みではなかったか？」

「い、いえ……その……こちらの世界には……毒見という習慣は……ないのですか？」

「あぁ……ないな。神人に毒など効かぬ。むしろ……そうだな、人間であるそなたには毒見役が必要だな」

「あ……の……」

不要だとは言えなかった。

淑蘭公主には毒見役がつけられていたからだ。

「そなたの毒見役は私が引き受けよう」

「な、何を仰るんですか。月天子である鷹叡様にそんなことはさせられません！」

「……そなたには、長く私の側仕えでいてもらわねば困るからな。毒などで命を落とされては支障が出る——と、言えば納得するか？」

目の前の月帝の冠を被った少年が、そんなことを淡々と述べた。

長くいてもらわねば困るという彼の言葉には、心躍る思いではあったけれど……。

「ですが……何も鷹叡様がなさらなくても」

「私には毒は効かない。そう気にすることでもないだろう。これからは食事も共にとることにする。よいな？」

「は、はい」

「今宵《こよい》の夕餉《ゆうげ》から、そのようにしよう」

黒檀《こくたん》の椅子《いす》にちょこんと腰掛けている彼は、やはり稚く感じられて、桃霞は思わず微笑んでしまった。

「何が可笑《おか》しい？」

「……失礼いたしました。鷹叡様があまりにもお可愛らしいので」

「姿のことか」

「はい」

「それは残念だ。あと数週間もすれば私は大人の姿になってしまう……大人の姿になってしまえば、もうこの姿には戻れない」

「そんなことを気になさらないでください」

「白龍も、そなたの肩には乗れなくなるだろう」

相変わらず桃霞の肩に乗ったままでいる白龍を、桃霞は撫でた。

「白龍も大きくなるのですね、そうしたら、今度は私が白龍に乗れるのでしょうか」

もちろん冗談のつもりで言ったのに、鷹叡は真面目《まじめ》に返事をしてくる。

「ああ、乗れる。仙人の儀が終わればな——ただ、約束はしてやれない。私は儀式が終われば、今、この瞬間の会話も忘れてしまうだろう」

（……白龍に乗りたいわけではないけど……）

白磁の器に入った白茶を眺め、それから桃霞は顔を上げた。

「記憶に残らないというのであれば、一筆、残しておいていただくというのはいかがでしょう？」

「私は字が書けないし、読めない」

「私がお教えします」

「……そなたがか？」

鷹叡は少しだけ考え、返事をする。

「……そうだな、何もしないのもいい加減飽きた」

「仙人の儀を済まされた後は、きちんとした方に教わるとは思いますが……読み書きは、思いの外、楽しいものですよ」

「そうか」

鷹叡の唇が歪んだ。

微笑んだのだなと感じられて、桃霞も微笑んだ。


それからは、桃霞は鷹叡の傍に一日中いることになる。

（……本当に、鷹叡様は見たままの年齢なのかしら……？）

十二歳くらいに見える彼は、口調や表情がやたらと大人びている。

表情に関して言えば、感情を削ぎ落としてしまったようにも見えて、鷹叡が被る月帝の冠が美しい輝きを見せていても、物悲しさを覚えさせられた。

（月の帝——天帝の子息であるのに……）

疎《うと》まれているというのではないとは感じられたが、異常なまでに恐れられ、愛されずにいる。

鷹叡の整った顔立ちは、童子であったとしても女人であるなら、可愛がらずにはいられなくなる容貌《ようぼう》であるのに、彼の房室には桃霞しかいない。

彼の様子は稚くて、鷹叡がどう思っているのかはわからなかったが、物悲しげに見えてしまうと桃霞は自分の腕の中でしっかりと抱いてやりたいと思ってしまうのだ。

十八歳の桃霞にとって〝我が子のようだ〟というほど彼の姿は幼くなかったが、何故かそんなふうに感じてしまう。

漢字を覚える教材として、桃霞は自分が使っていた千字文《せんじもん》を鷹叡に渡した。そこに書かれている四言詩句《しごんしく》を桃霞が読み上げ、鷹叡が書き取っていく。

「……うまく……書けぬものだな」

筆を初めて持ったのか、ぎこちなさが手伝って文字がいびつな形をしている。

「最初は誰でもそうです……私もそうでした。ですが、読み書きができるようになれば世界は広がりますし、書物を読めるようになって楽しいですよ。鷹叡様は筆の持ち方が少々……こうしてお持ちになれば多少は……」

桃霞は背後からそっと鷹叡の手に自分の手を添えて筆を滑らせた。

「ふむ、これはなかなかいいぞ」

「そうですね、では次は……」

時間を忘れるとはこういうことなのだろうか。

彼は桃霞が読み上げる四言詩句を、飽きることなく千字文を見ながら黙々と書いている。

「……お疲れにはなりませんか?」

白龍は椅子の上で眠っている。

彼の半身があああいう状態であるのなら、鷹叡も疲れているのではないだろうかと彼女は思った。

「疲れてはいないが……そうだな、そなたの負担になってしまってはいけない。この辺で今日は終わりにしよう」

「お疲れではなかったですか? 白龍が眠ってしまっているので、てっきり……」

「……あぁ……確かに白龍は私の半身ではあるけれど、同じではないからな……」

書の道具を箱に片付け終えると、夕餉が運ばれてきた。

卓子の上には次々と豪華《ごうか》な食事が並び、房室の中はよい香りで包まれる。

「お腹も空きましたでしょう？　さぁ、いただきましょう」

「あぁ……」

鷹叡がなんとなく浮かない表情をしているように感じられて、桃霞は微笑んだ。

「やはり、お疲れなのですね？」

「……そうではない」

「……では、やはり……手習いはあまり面白くはなかったですか？」

いつまでも彼が書くことをやめる素振りがなかったから、楽しんでいるものだとばかり思っていたが、そうではなかったのだろうか。

「いや、そなたの言うとおり、手習いは楽しく感じられた」

「そうですか……では、いったいどうなさったのですか？　何かを憂いているように見えるのですが」

「数週間後のことを、少し考えてしまったのだ」

「仙人の儀のことですか？」

「うむ」

「……何かご不安なことでも？」

鷹叡よりも先に食事に手をつけるわけにもいかず、桃霞は白磁器に淹れられたお茶を啜《すす》りながら、彼が口を開くのをゆっくりと待った。

鷹叡は感情を吐露《とろ》するのが苦手なようで、どう説明すればいいのか考えあぐねている様子だった。

(やはり、鷹叡様は見たままの年齢なのかしら……)

話し方は立派な大人のものであったし、立ち居振る舞いも、今すぐ大人の姿になってもなんら心配はいらないほど、彼は立派な月帝であると思えていたが。

「……忘れてしまうということを、少し恐ろしく感じてしまっている」

「あぁ、古くからの習わしで少年だった頃のことを忘れさせられる――というお話でしたね」

「おそらく……私には、忘れてしまったほうがよいことが多いのだろうが……」

「それは……」

離宮に両親が渡ってくることもなく、逆に彼が正殿に渡ることもない。

それが天界の流儀なのかどうかが人間の桃霞にはわからなかった。

そして桃霞は実際に彼が他人を傷付ける場面を目にしていなかったから、鷹叡が触れれば火傷を負うという話もいまひとつぴんとこない内容でもあった。

(仙人の儀が終われば……もしかしたらそういったお力も、ご自分で抑えられるようになるの……かな？）

　仙人の儀が終われば、彼の住居も正殿に移されるかもしれない。

（だって……月帝で……天帝のご子息は鷹叡様だけなのだし……）

　俯き気味な彼に対して、桃霞は明るく微笑んだ。

「仙人の儀が終われば、もっと楽しくなるかもしれないじゃないですか。大人になればいいこともありますよ」

「いいこと、とは？」

　彼が小首を傾げると、月帝の冠の飾りがしゃらんと高貴な音を立てる。

「え、ええと……書物がたくさん読めるようになります」

「……そなたにとって、書物はそんなに〝よい〟ものなのか？」

「よいと言うか……書物を読むのは楽しいですよ」

「確かに、書くことは楽しかった」

「それはよかったです」

「……だから、余計に……忘れたくないと思ってしまう」

「また、覚えればいいだけですよ」

「――そなたのことも、忘れるのだぞ？」

「私は仙人の儀が済んでも、変わらずお傍におります。たとえ月天子が私をお忘れになっても、私は覚えておりますのでご安心ください」

果たして、仙人の儀が終わっても彼の側仕えでいられるかどうかは桃霞もわからなかったが、今はそう言うしかなかった。

「……私は、忘れてしまわないうちに……世話になった乳母を下界に帰した。人間だった彼女は火傷を負っても傷付きながら私を育ててくれた。私が私として、きちんと彼女に礼を言えるうちに別れを済ませなければならぬと思ったから帰した。だから……もう、世話役の女官はいらぬと申したのに」

「……そうだったのですね」

「……私はそなたの〝やんごとなき事情〟も知っている」

「え」

相変わらず淡々と語る鷹叡だったが、桃霞は思わず手に持っていた白磁の茶器を落としそうになるほどの衝撃を受けた。

「あ、あの……」

だから、彼は最初に〝桃霞〟の名を自分にくれたのだと気付いた。

そしてその名を、ふたりだけの時にしか呼ばない理由も――。

「案ずるな。私しか知らぬことだ」

「お……おそれいります」

「だから……私はどうしていいのかわからなくなる」

桃霞は白い茶器を卓子にそっと置き、鷹叡を見た。

「……月天子にご迷惑がかかるようでしたら、私を下界にお戻しください。私の主は月天子おひとりですが……月天子のお心を乱す元凶となってしまうのであれば、どうか排除《はいじょ》なさってください」

天界は時間の流れが緩慢に過ぎていると彼は言う。

けれど本当にそうだろうか。

崔国のことを思えば、下界に戻るという選択肢はないはずで、ここに来てからその気持ちは変わっていないと思っていたのに、僅か数日で心に変化が生じてしまっていた。

月帝の冠を被った稚く見える目の前の神人を、苦しめたくないと思ってしまう。己のことで煩《わずら》わせたくないと考えるようになっていた。

「……誰にも罰は与えぬと約束をすれば、そなたは安心して下界に戻れるか？」

感情が一切わからない表情で鷹叡はそう言った。

(私を身代わりにした今上帝や……託宣に従わなかった淑蘭公主のことを仰っているのね)

彼の温情に触れ、桃霞は胸が痛くなった。

高貴な生まれではない自分を鷹叡は最初からそうと知りつつ、好きなようにすればいいと言ってくれた。

童子のような姿であっても神人であり、人間に対して温情をかける必要などないのに、彼は彼に対する裏切りをまるでなかったかのように振る舞ってくれていた。

親を失い、婢女として生きて、淑蘭公主の目に留まるまでの辛い日々を思い出せば、知らず知らずのうちに瞳から涙が零れ落ちていた。

あの日々が辛かったからではない。

またあの生活に戻ることへの悲しみではない。

人でありながら人にあらず――そんな生活を知っているからこそ、神人の彼の温情が温かくて胸が痛くなるのだ。

「何故、泣く？」

「月天子のお気持ちが、ありがたく嬉しいのです」

「礼を言うのは私のほうだ。今日は一日……とても良い日だった。そなたのおかげだ。だから……きちんと礼を言えるうちに、そなたが下界に戻りたいと思っているのであれば、帰してやりたいと思うのだ」

黒檀の椅子にちょこんと座っている彼は、堂々たる態度でそのように言う。

「……私の気持ちは変わりません。ずっと月天子のお傍にいて、お世話をさせていただきたいのです――たとえ、私にその資格がなかったとしても」

「資格がどうとかは考えずともよい、ただ下界に戻せる機会はそうそうあるとは思ってくれるな。おそらくは……私がこの姿であるうちだけだ。だから、仙人の儀の前に決断して欲しい。大人になった私が、そなたに何を言うかもわからぬからな」

「月天子の考えをお聞きしたいです。月天子は……下界に戻るべきとお思いですか？」

鷹叡が桃霞の事情を知っているのなら尚更、彼の負担になるようであれば、自分の気持ちがどうであれ、戻らねばならないと思っていた。

鷹叡は少し考えるような表情をしてから、再び桃霞に視線を戻す。

「私は、そなたにいて欲しいと思う。だが、何度も申しているように、大人になれば私自身がどうなってしまうのかがわからない。今持っている力が弱まるか……あるいはそなたをも傷付けるほど、力が増大してしまうのか……。白龍も同じだ。けれど龍は逆鱗に触れなければおとなしく、人を傷付けはしないから、大人になった〝私〟よりは安全だろう」

「……私の身を案じてくださり、そして……もったいないお言葉、ありがたいです」

拭っても拭っても次々と頬を伝って零れ落ちる桃霞の涙を見て、鷹叡は椅子から下りて彼女の傍までやってきた。

「そう泣くな」

手巾《しゅきん》を彼に渡され、鶴《つる》が刺繍されたその手巾を桃霞は受け取った。

「そなたは思いの外、泣き虫なのだな」

そのとき、鷹叡は初めて花が開くような美しい笑顔を彼女に向けた。

これまで表情らしい表情がなかった彼の笑顔に、胸が打たれる。

「……ご無礼を、お許しくださいますか?」

無性に彼を抱きしめたくて堪らなくなり、桃霞が涙目のままでそう願うと、鷹叡は頷《うなず》いた。

「好きにするがいい」

童子の姿の鷹叡を引き寄せ、桃霞は彼を胸に抱いた。

「そなたは私を抱きしめるのが好きなのか?」

淡々と尋ねてくる鷹叡に、どう答えていいのかわからなかった。

「わからないです。でも、きっと母性本能のようなものが働いてしまうのかと思います」

「母性と言われるほどの幼き姿でもないと思うのだがな」

桃霞は鷹叡の耳元で小さな声で話した。

「……私には家族がおりません……父や母もそうですが……物心ついたときから、私の周りには誰もおりませんでした。姉弟も……。鷹叡様を見ていると、弟のように思えてならないのでしょう……ただの人間の私があなたにそう告げることすら大罪なのでしょうけれど」

「……そうか。ただの人間で〝縁《えにし》〟ですら、何も持たざるものであるから、私に触れられるのかもしれないな」

持たざるもの。

それは淑蘭公主と出会うまで、苦しめられてきたものだった。

寂しいと、言えずに過ごした日々は、思い出すのも辛い。

「――そなたを忘れてしまうのは……やはり辛いものだな」

典雅な香りを纏う鷹叡を手放し難く、桃霞が胸の中に抱き続けていると、彼が寂しそうにぽつりとそう言った。


それからというもの――。

日中は蹴鞠《けまり》を楽しんだり、手習いをしたり、夜になれば遅くまで桃霞が彼の枕元で椅子に腰掛け書を読んで聞かせたりと、穏やかで楽しい日々があっという間に過ぎていった。

神人であるからなのか月帝だからなのかわからなかったが、鷹叡は千字文の四言詩句は全て一度で聞き覚えた。

仙人の儀が行われる前々日の夜、鷹叡は白い紙に筆を滑らせて、約束の言葉をしたためた。例の、白龍の背に桃霞を乗せる――というものであった。

月天子の印を押し、鷹叡は彼女に紙を渡した。

「これを書かなくても、白龍はきっと約束を覚えているだろう……それから、私が書いたこの紙を誰にも見つからぬよう隠し持っておくように」

「はい、鷹叡様。でも、何故？」

「仙人の儀が終われば、私は離宮から正殿に住居を移す。そのときにはここにある私が手習いで書いたものは燃やされるだろう……今まで過ごして来た時間はなかったものにされる。よって、私が何かを書き残すことはあってはならないのだ」

「え……そんなにいけないことだったのですか？」

何も知らず、約束を紙に残すよう彼に望んだ自分の軽率《けいそつ》さを悔《く》やむ。

「構わぬ。私も……望んだことだからな。そなたに借りていた千字文も返しておく」

「……はい……鷹叡様」

「あと、これを」

雪のように真っ白な白翡翠《しろひすい》の美しい腕輪を鷹叡は彼女に渡した。

「……これを、私に？」

「そなたが本当に下界に戻らぬと言うのならば、私はそなたを后《きさき》がねに選びたい」

「……キサキガネ……ですか？」

「私がそなたを忘れても、その腕輪をつけていてくれれば、私はその意味を知ることができる。だからどうか受け取って欲しい」

「……私を思い出すきっかけになるという意味ですか?」

「思い出すことはないだろう」

「……そう……ですか。それは……何があっても?」

「ああ。仙人の儀の中で、忘却《ぼうきゃく》の仙桃《せんとう》で作った酒を飲む。そうすることで、私は童子の姿から大人の姿になれるのだ」

「忘却の仙桃なんてあるんですね」

相変わらず無感動な黒い瞳を鷹叡は彼女に向け、そして聞いた。

「今一度、確認しておきたい。そなたは、下界に戻るつもりはないか」

「はい。私の主は鷹叡様おひとりですので……それに戻されても、帰るところなどございません。路頭に迷うだけなので、戻さないでください」

「そうか」

鷹叡は彼女の左手をそっと持ち上げ、その華奢な手首に白翡翠の腕輪を嵌《は》めた。

嵌めた瞬間は大きいと感じたのに、すぐに形が変わって彼女の手首にぴったりと嵌まる。

「……ぴったり、ですね……外しにくそうです」

「けして外れない。無論、割ることもできない」

「え?」

「それは私の魂魄《こんぱく》で作られたものだからな」

「そ、そうですか……あの、それで……キサキガネというのは……」

「后候補、という意味だ」

「え……后候補……って……えええええ‼」

慌てて腕輪を外そうとしても遅かった。

彼が言うとおり、抜けそうで抜けない。

「鷹叡様、ご存じかと思いますが、私は人間ですよ！」

「天界人が下界の者と結ばれる話は、そう珍しいものではない」

「で、でも！　鷹叡様は月天子で」

「一生私に仕えるつもりで后になってくれればよい」

桃霞と共に榻《ながいす》にちょこんと腰掛けている鷹叡が、淡々と語り始めた。

「そなたは物心ついたときから、両親はおらぬと言ったな。私には父である天帝陛下と玉《ぎょく》麗《れい》皇后という母はいるが、これまで一度もお会いしたことがない」

（え？）

離宮に渡ってこないとは思っていたが、まさか会ったことすらなかったとは、驚きを隠せない事実ではあったが、桃霞は彼の話を遮ってはいけないと黙って話を聞き続けた。

「そなたが私に向けてくれている情が恋情などではないことはわかっている。けれど、それが親愛の情であっても構わない。后として生涯《しょうがい》私の傍にいて欲しいのだ」

「……女官としてでは駄目なのですか？」

「私は、そなたに抱きしめられたい」

「えっ、あ……はい」

「だが、仙人の儀が済み、大人の姿になってしまえばただの女官が私を抱きしめるなどということは、たとえ私が許しても周りが許さぬと思う」

「……それは、そうですよね」

下界であれば皇太子を抱きしめるのと同じ暴挙を、桃霞はしてしまっているのだ。

「あの……お子は……仙桃から生まれる……なんてことは……ない、ですよね？」

「あいにく、どのように子が生まれてくるのかは私も知らぬ。本殿の書物庫にはそういった内容の書物があるかもしれないが。ただ、仙桃から子が生まれるという話は聞いたことがない」

「……そうですよね」

桃霞は十八歳でさすがに何も知らないという年齢ではなかった。

どのように子が生まれてくるかはもちろん知っている。

（鷹叡様と、枕を交わす日がやってくるの？　う、うーん……）

その稚さが母性本能をくすぐられるような雰囲気《ふんいき》を持っていて、容貌も、このまま大人になればさぞや女人を夢中にさせるような男性へと変貌するのだろうと想像はついたけれど、彼の后になりたいかと言われるとそうは思えなかった。

（一生お仕えしたいという気持ちはあるけど……）

思いがけない鷹叡の言葉に、桃霞は戸惑うばかりだった。

# 第二章　忘却の痛み

翌日から鷹叡の仙人の儀の準備で彼の身辺が慌ただしくなるため、桃霞は仙人の儀が終わるまでは自分に与えられた房室での待機となった。

桃霞は鷹叡の側仕えではあるものの、やはり人間であるために、神聖とされる仙人の儀に参列することもできなければ、その準備に関わることもできない。

（次にお会いするときは、大人のお姿になっているのね……）

そして桃霞のことは忘れているのだろう。

いっそ后がねのことも忘れてくれたほうがいいのかもしれない。そんなふうに考えていた。

（鷹叡様の后だなんて……）

彼の妻になることを嫌だとは思っていない。それで彼の傍で一生尽くすことができるのならば——けれど仙人の儀の参列を許さないのに、人間との結婚を果たして天帝が許すのだろうか？　到底そうは思えず、溜息が漏れてしまった。

「杏仁茶《あんにんちゃ》でございます。淑蘭様」

可愛らしく髪をふたつの髻《もとどり》に結い上げた蘭葉《らんよう》が、恭しく卓子の上に茶器を置く。髻に挿してある絹花の髪飾りも愛らしい。

蘭葉は桃霞につけられた女官だった。

見た目で言えば十六歳くらいだろうか。

天界人の実年齢はまったく見当もつかない。聞けば教えてくれるのだろうが、桃霞は敢えてそのあたりは触れずにいた。

(千歳超えているとか言われても、ぴんとこないしね……)

出された杏仁茶と環餅《まがりもちい》を彼女は飲食しながら、ぼんやりしてしまう。

「心配ですか？　月天子のことが」

蘭葉はにっこりと微笑み、そんなことを聞いてくる。

「え……あ、ううん……心配はしていないわ」

自分があれこれ世話を焼くより、それに相応《ふさわ》しい官職の者が彼の傍にいたほうが、つつがなく行事は済むだろうと思っていた。

「そうですか。でも、けっこう大変みたいですけどね……あちらのほうは」

「え？」

「高位の者が世話をするとなると……怪我人が増えますので」

苦々しく微笑む蘭葉に、桃霞は尋ねる。

「……月天子に触れると……火傷をするっていう……話？」

「そうです」

嘘をつかれているとは思っていなかったが、やはり本当だったのかと思わされた。

女官や女官長の怯える様子を肌でも感じてはいたけれど。

「蘭葉も、怪我をしたことがあるの？」

「私のような下位の者が月天子に触れるなど、逆にあってはならないのです」

「……あぁ、そうか……そうよね」

自分だって、下界にいれば王位継承者たる皇太子に触れるなどできはしない。それと同じなのだ。

「朱葉《しゅよう》様も、日々のお世話の中で火傷をしていたと聞いていますが、淑蘭様はまったくそのご様子が見られませんね」

「朱葉様？」

「失礼いたしました。月天子の乳母でいらっしゃった方です」

「蘭葉は、お会いしたことはあるの？」

「いいえ、私が離宮に来る以前の話ですので」

「そう」

鷹叡の乳母。

彼が自分の記憶があり、きちんと礼を言えるうちに……と下界に帰した女性。鷹叡は朱葉を慕っていたからこそ、そうしたのだろう。

「……もっと早く、淑蘭様がいらしてくださればよかったのに、と私は思ってしまいます」

「どういうこと？」

「淑蘭様は何度か月天子をお抱きになっていらっしゃったので」

微笑ましげに蘭葉は言うが、桃霞は頬を赤らめた。

「そ、それは……月天子を見ているとなんとも言えない感情が湧いてしまって」

「月天子をお抱きになることができるのは、淑蘭様だけです。朱葉様は……抱き上げることが叶いませんでしたので」

「月天子は赤子だったのでは？」

「はい……ですが……火傷を……」

「あぁ……」

「月天子が今のお姿になられるまでは、大医《たいい》に塗り薬で治していただいていたそうです」

「昔から治癒能力があったわけではないのね……朱葉様は……月天子をどのように思われ

ていたのかしら……」

桃霞がぽつりと言うと、蘭葉は難しそうな表情をする。

「お会いしたことはありませんでしたが……誰しも、怪我はしたくない……と思うものではないでしょうか。個人的な意見ではございますが……天界のことを下界の人間に押し付けるというのは……いかがなものかとは私は思うので」

「……朱葉様もあまり、よくは感じていらっしゃらなかった……ということね」

「それは天界人のせいだと思っております。月天子は尊い御方……乳を飲ませるのに抱き上げないとは何事かと、朱葉様に抱き上げることを強要したとか……」

「怪我するとわかっていて？」

「……おそれながら」

「乳というのは、その……母乳？」

「あ、いいえ。月天子は龍神《りゅうじん》でもあらせられるので、龍の乳を」

「月天子は月帝で……龍神でもあるの？」

「天帝も龍神であらせられます」

「ふうん……えーっと、天界人は皆、何かしらの神様ってことなのかしら？　それとも皆、龍神なの？」

「いいえ、とんでもない。神力を持つのは天帝の一族のみで、他の者は……そうですね、人間よりも丈夫で長生き、というようにお考えいただければと。あとは鍛錬《たんれん》を重ねれば仙術が使えるようになるとかくらいですね」

「そう」

桃霞は、左腕に嵌められた白翡翠の腕輪をそっと撫でた。

『最後にもう一度、私を抱きしめて欲しい』

別れの夜。彼はそう言った。

真っ白い長袍を着た稚い姿の鷹叡を桃霞は抱きしめた。相変わらず彼はされるがままという様子で、その表情もなんら変化はなかったけれど。

他者を傷付ける者というよりは、よほど彼のほうが傷付いてしまっているように思えて、強く抱きしめれば儚《はかな》くも脆《もろ》く壊れてしまうのではないかと感じるほど、細い体だった。

「……私は間違えてしまったのかしら」

ぽつりと告げた桃霞の言葉に、蘭葉は空になった茶器にお茶を注ぎながら返事をする。

「何を間違えたとお思いですか？」

「月天子と、親しくなりすぎてしまったこと……かしら」

楽しさを教えるつもりが、寂しさを教えてしまったのではないだろうか。そんなふうに思わされていた。

『――そなたを忘れてしまうのは……辛いものだな』

辛くさせたかったわけではない。けれど、結果的にそうなってしまった。

格子窓《こうしまど》から空を見上げ、闇夜《やみよ》に浮かぶ月を眺めると心苦しく思える。

天界から見る空も、下界から見る空も同じなのだ。それなのに、どこか物悲しく思わされるのはなんなのだろうか？

「……さきほどとは話が正反対になってしまいますが……どんな記憶も思い出も、月天子は仙人の儀が済めばお忘れになってしまいますので、月天子を気にされているのでしたら、淑蘭様はあまり、お気になさらずに」

「……そうね」

「私は月天子にとっては淑蘭様の行いは〝良いこと〟だったと思っています」

「ありがとう、蘭葉」

「ですが……」

ふいに蘭葉は悲しげな表情を見せた。

「私は……月天子が淑蘭様を忘れてしまうのが辛いです」

「え？」

蘭葉は突然はらはらと涙を零し、紫色の女官服の袖でその涙を拭っている。

「あんなに懐いておいででしたのに」

「……懐いて……いたというのかしら」

后がねがどうとかと言い出すくらいだったので、親しみはもたれていたとは思えたが。

「大人になれば、制御できかねていたお力も、制御できるようになるだろうと高官が話をしていました」

「そう。力が制御できるようになるなら、月天子がお心を痛める機会もなくなっていいのでは？」

「そ、それはそうですが、月天子の側仕えの座を他の女官らが狙っているやもしれませんのに」

「あぁ、危険ではなくなるから……？　そうね……天帝がお役目をはっきりとした形で解いてくださるのなら、私は安心して下界に帰ることが……できるわね」

託宣によって呼ばれたのだから、その任が解かれたとなれば淑蘭公主は苦しまずに済む。鷹叡も、こんな身代わりの公主のふりをしたただの人間に世話されるよりいいだろう。

（……鷹叡様は、帰してくれると仰ってくれたけれど……あのときは）

彼を前にしては「帰りたい」とは言い出せなかった。

きっと天帝にはうまく取り計らってくれて、何事もなかったように帰らせてくれる手はずを組んでくれただろう。朱葉を下界に戻したときのように――。

「そんな！　なんて冷たいことを仰るのですか……月天子をお見捨てになるのですか」

まるで自分が捨てられてしまったかのような目で、蘭葉が桃霞を見つめてくる。

「み、見捨てるというか……やはり天界人の世話は天界人がなさったほうがいいと思うの。それに……蘭葉だって、私のような人間の世話などしたくないでしょう？」

「いいえ、私は淑蘭様にずっとお仕えしたいです」

（……公主じゃない……身代わりの人間なのに……？）

突き付けたかった真実の言葉が喉まで出かかったが、桃霞は呑み込んだ。

桃霞も、鷹叡と離れてしまうことは寂しいとは思っていた。

たった数週間ではあったけれど、鷹叡との暮らしはとても楽しかった。

彼は無邪気な子供という類のものではなかったけれど、主としての大きな器を持った人間に仕える喜びはこのうえないものであった。

そして稚い姿のせいで、自分が育てたかのような錯覚《さっかく》すら起こしてしまい、彼に対しては〝弟〟と言ってしまったが、まるで我が子のようにも感じられていたのだ。

彼に手習いを教えたり、共に蹴鞠で遊んだり……胸に抱いたり。

臥榻《がとう》で彼が寝付くまで、枕元で書物を読んで聞かせたことを思い出すと、胸がいっぱいになってくる。

眦《まなじり》に浮かんだ涙を気付かれないように拭ってから、桃霞は蘭葉を見る。

「ねぇ蘭葉、知っていたら教えて欲しいの。天界人の魂魄が込められたものを持ったまま、下界に戻ることは可能かしら？」

「月天子は魂魄が込められた何かを、淑蘭様に下賜されたのですか？」

「えー……っと……その……」

「もしそうであるなら、今の月天子の魂魄は一部欠けていることになります。不完全な状態であるので、そのままであれば力の制御は到底無理なのではないかと」

「え！　大変なことじゃない。それなら、お返ししなきゃ」

「淑蘭様、天界人が誰かのために魂魄を分け与えるというのは、あなた様がお考えになっている以上に大変なことでございます。それほどまでの思いがあって、下賜されたものを、お返しになると仰るのですか」

「だって、私は人間よ？　下界の者なのよ？」

「ああ……おいたわしい……月天子」

しくしくと泣き続けている蘭葉の気持ちはわからないでもないが、この際、それは無視せざるを得なかった。

「……これを外せるのは、月天子以外は……天帝陛下？」

桃霞は、酔芙蓉《すいふよう》の刺繍が艶やかな紗《うすぎぬ》で作られた長衣《ながぎぬ》の袖をそっと捲り、白翡翠の腕輪を蘭葉に見せる。

「月天子の魂魄が込められたものであるなら、月天子にしか外せません。月天子のお力はとても強く、今や天界一とも言われるくらいですので、陛下であっても不可能かと」

「そうなの……」

今の彼には会えないだろうし、言いたくなかった。

鷹叡に一生仕えたいという桃霞の気持ちは本物だったからだ。

(……私のことを忘れた後なら、黙っていても、きっと外すわ)

仙人の儀が終わってすぐに彼と会えるかはわからなかったが、機会をうかがい外してもらおう。

(鷹叡様の魂魄……か)

桃霞は愛おしげに腕輪を撫でた。望まれるのであればずっと傍にいたい。

彼の女官として、あの稚い月天子の傍にいたいと思うけれど、やはり、それと后とはまた別問題だった。

その夜――。

桃霞はおかしな夢を見る。

龍が彫られた銀色の大きな水瓶《みずがめ》には、なみなみと水が張られていて、その前には、銀灰色の長髪が美しい人物が立っていた。

長い髪の毛は低い位置で緩やかに縛り、白装束の姿でいる。

(……女の人？)

ほっそりとした華奢な後ろ姿で桃霞はそう判断した。

彼女が水面《すいめん》に指を滑らせると、そこには下界の様子が映しだされた。

戦い合う人々の姿。

どこかの国の戦争の様子を見ているようだった。

彼女の細い小さな肩が小刻みに揺れている。

下界の惨事《さんじ》を憂いて泣いているのだろうか。

「下界の様子を見るのはよせと言っているのに」

ふいに声がする。

彼女は振り返らないまま俯いた。

「……こうして、ここから下界の様子が見られるのは〝わたくしだけ〟です……だから……見なければなりません」

「見てもどうにもならぬ。下界のことには干渉《かんしょう》しないのが天界の掟《おきて》なのだからな」

「天界の掟など……とうに……破ってしまっているのに？」

その声の弱々しさの中に病んだものが感じられて、桃霞は背筋がぞっとした。

ゆっくりと彼女は振り返り、大きなお腹を撫でる。

彼女の唇だけが見えて、その笑みが倦《う》んでいて桃霞は恐ろしくなった。

（これはいったい何？　なんの夢？）

夢なのにどこか現実的で恐ろしい。

逃げたい――。

目覚めなければ、このまま闇の沼に引きずり込まれると、直感的に感じた。

（逃げなきゃ……目覚めないと……でも、どうやって）

悪夢からの覚醒は得意なほうであるのに、既に何かに囚われてしまっているようで身動きが取れない。

倦んだ笑みを浮かべた女性と目が合いそうになって、桃霞は慌てて目をそらす。

全身を蝕んでいく。動けなくなっていく。

（駄目……闇が……）

「桃霞!!」

体にまとわりついていた、蜘蛛《くも》の糸のように不快なものが全て取り払われた感じがして体が自由になった。

ふわりと体が浮いて真っ白い龍の背に彼女は乗せられる。

龍の背には、先ほど倦んだ笑みを浮かべていた女性と同じ銀灰色の髪の青年が乗っていた。

白龍と同じ赤い瞳の男性は、桃霞を見た。

「二度とこの夢に堕《お》ちてくるな」

「わ、私が望んだことじゃないです！」

「あぁ……そうだな。悪かった」

「もう！　どうせ来てくださるならもっと早く助けてくださいよ！　鷹叡様」

ぽかぽかと胸元を叩くと彼は笑った。

「遅くなって悪かった」

(あれ……？)

自分はどうして彼を鷹叡だと思ったのだろう？

「鷹叡……様？」

もう一度彼の顔を見ようと思ったところで目が覚めた。

「……鷹叡、様？　まさか」

彼の髪は濡れ羽のように黒く、黒曜石のように黒い瞳だ。いくら白龍に乗っていても、彼が鷹叡のはずがない。

(……私、彼に助けられたいって思ったの？)

だから、彼を鷹叡だと思ったのだろうか？

姿がまったく違う男性を——？

桃霞は白翡翠の腕輪を撫でる。途端に涙がぽろりと一滴流れ落ちた。いったいなんの涙だろう？

（……あぁ……私は……）

やはり忘れられたくないのだ。

心から仕えたいと思った主を、二度、失うことになる。それが嫌なのだ。

けれど、蘭葉に述べたように、彼の側仕えは天界の者のほうがいいと思う気持ちも本当だった。

彼は何故か知っていたが、自分は偽者の公主である以上、理由があって下界に戻れるのであれば帰るのが最善の方法なのだ。

託宣がくだることで天界に来たのなら、天帝が不要だとさえ述べてくれれば、全てが元に戻る。

桃霞自身が崔国で女官として再び働けるかどうかは別として、役目が終わったと淑蘭が知れば、彼女の心は穏やかなものになるだろう。

婢女だった自分にも姉のように接してくれた優しかった淑蘭公主。

溢れた涙を指先でそっと拭った。

どうか、淑蘭公主が悲しまぬ最善の方法を。

自分の心の痛みなど、どうとでもなる。

鷹叡との楽しい思い出は胸の奥にしまいこんでしまえばいい。

小さく溜息をついて、桃霞はお腹の大きな女性を思い出していた。彼女は誰かの〝母〟なのだ。

（せめて、お母様が生きていてくださったら……）

死んだ父を思っても仕方がない。ずっとそう考えて孤独に耐えていた。けれど、行方知れずの母を思えば、胸が痛む。

記憶にない、父や母との思い出。

（……あぁ。鷹叡様も……同じね……）

淡々と語っていた、無感情な瞳。

鷹叡の両親である天帝とも后とも会えず、彼も長い年月を過ごしてきた――？

彼の孤独と同調してしまえば、再び胸が痛んでしまった。

（本当は……私は……）

ふうっと溜息をついて、桃霞は静かに目を閉じて何かを諦めるように眠りについた。

鷹叡の仙人の儀の当日、蘭葉が桃霞に仙人の儀を見に行かないか？　と言い始めた。

「私が参列するのは許されていないわ」

「〝参列〟ではないです。見学です。他の下位の天界人も見に行きますよ？　いかがです？」

「……でも」

「私は月天子の儀式を見たいですわ。ですが、私は淑蘭様の女官なので、一緒に行ってくださらないと、この房室から離れられませんわ」

「……まったく」

ふぅと溜息をつきつつも、桃霞は微笑んだ。

蘭葉なりの心遣いなのだとわかっているからだ。

ゆったりと腰掛けていた榻から桃霞は〝公主らしい〟振る舞いで裾をさばき、ゆっくり立ち上がる。

「……行きましょう。あなたの心遣いを無にするわけにもいきませんし」

「あら、私が見たいだけですよ」

そう言って蘭葉は嬉しそうに微笑んだ。

（……ごめんなさい……）

桃霞は曖昧《あいまい》に蘭葉に微笑みを向ける。

自分が淑蘭の偽者だということが心に暗く影を落とした。彼女がよくしてくれるほど、嘘をついている事実に胸が痛んでならないのだ。

「おそれいります。薄絹でお顔を隠させていただいてもよろしいでしょうか？」

「ええ。もちろんよ」

「仙桃酒をお飲みになる儀式に関しては、一部の者しか立ち会えないので、見ることはできないかと思いますが……」

小花の刺繍が美しい薄絹を桃霞の頭に被せながら蘭葉は言う。

「……儀式はどこからなら見られるの？」

「仙桃酒を飲む儀式が行われた後、月天子が芙蓉殿から出てこられて、天界人が大人になった月天子をお祝いする儀式が鳳仙《ほうせん》殿で行われます。そこからでしたら見ることが可能です。天界の皆でお祝いする儀式でございますので」

「そう」

「……申し訳ありません」

表情を曇らせた蘭葉が薄絹を下ろし、桃霞の顔が隠れるようにしながら謝罪する。

「謝らないで」

「私は……本来であれば、今、この瞬間も……月天子のお傍には淑蘭様がいるべきだと思っておりますので……」

「もう、蘭葉は生真面目すぎるのよ」

桃霞は微笑んだが、託宣をくだしておきながら儀式に参列できるよう手回しをしないのであれば、天帝は天界において〝淑蘭公主〟の後ろ盾になるつもりはさらさらないのだ。

（鷹叡様は可愛らしくて……側仕えでいられることにはなんら思うところはなかったけれど……）

こんなところに、公主である淑蘭を来させなくてよかったと心底桃霞は感じていた。

自分らの手にあまるから人間に面倒を見させておきながら、儀式に参列させないという天界人に憤《いきどお》りを覚えずにはいられない。

だから、やはりここには自分が身代わりで来てよかったのだと思えた。相手が天界人であろうがなかろうが、淑蘭を傷付ける者は許し難かった。そして、今も心苦しい思いをしているのかもしれないと思ってしまうと、一刻も早く鷹叡の女官としての役目を解かれて下界に戻りたかった。

稚い彼の姿を思い出せば胸が痛んでしまうけれども。

（……でも、鷹叡様は大丈夫よ……）

自分は人間で、彼は天界人。

ましてや天帝の嫡男で天界を統《す》べる人物になり得《う》る人物なのだから、大人になって力を制御できるようになるなら、自分が彼にできることはもうないように思えた。

（あぁ……でも、これを返さないと、鷹叡様は不完全な能力のままになってしまうのよね）

彼に下賜された腕輪をそっと撫でて、桃霞は溜息をついた。

＊＊＊　＊＊＊　＊＊＊

芙蓉殿では仙人の儀が始まっていた。

鷹叡は今、まさに、天帝である父の叡清《えいせい》と、后の玉麗の目の前で仙人の儀の祝杯を飲むところだった。

忘却の仙桃で作られた酒を飲まなければ大人にはなれない。そんなことはいったい誰が決めたのだろう？

鷹叡は金杯に注がれた仙桃酒を見ながら考えていた。

実際、自分には忘れたい記憶のほうが多かった。物心ついてから気が付いた、敬う視線と、恐ろしいものを見るような視線。両方が絡み合って、人々の視線が痛かった。

ただの人間である朱葉に関しては、畏怖《いふ》の念のほうが強かったのか、何をするにも怯えていた。人間ということと、彼女が〝淑蘭公主〟とは違い、公主という位を下界で持っていなかったゆえ女官たちにひどい扱いを受けていたのを、鷹叡は知っていた。

知っていたが、彼は彼女を庇わなかった。

彼女と馴れ合ってしまえば、天帝の叡清に彼女を下界に帰す話ができなくなると思っていたからだ。

——早く帰して、彼女を自由にしたかった。

朱葉は、鷹叡には肉体的に傷付けられ、他の女官や天界人からは蔑《さげす》まれて心を傷付けられていた。

育ててくれた彼女に対し、恩情があるうちに下界に戻したかった。

朱葉が下界に戻る日、鷹叡は遠い場所から、天馬がひく馬車に彼女が乗るのを見ていた。

(ありがとう……)

朱葉に直接言うことが叶わなかった言葉を、心の中で呟いた。

——叡清にも玉麗にも、これまで会っていなかったから、親というものはこんなものなのかと、思っていたところに現れたのが淑蘭公主の身代わりでやってきた桃霞だった。

鷹叡には何故か、水龍神の血の流れを受け継いだ者しか持っていないはずの〝水鏡の力〟も備わっていて、銀の水瓶に張られた水に指を滑らせると下界の様子を見られた。

銀の水瓶に映しだされた下界の様子を見て、淑蘭公主の身代わり騒動を彼は知ったのだ。

『人間の側仕えはもう不要です』

鷹叡は天帝に上奏文《じょうそうぶん》を書いたが、敢え無く却下《きゃっか》され、身代わりにされた桃霞が鷹叡のところへやってくる。

淑蘭公主をよほど敬愛しているのか、桃霞の目には下界には帰らないという強い意志がはっきりと見えて、鷹叡は追い返せなかった。

託宣をくだした父帝が桃霞のことを淑蘭公主ではないと気付かないわけがない。それでも、彼女を帰さなかったのは結局下界での身分がどうであれ、人間であれば誰でもよかったのだ。

(自分の子が天界人を害する様子を、知りたくないからなのか)

天界のことを天界の中だけで済ますことができず、下界の者を巻き込んで。

(それでもこの人が天帝で、私の父なのだ——)

恨みたい気持ちもきっともう忘れる。

恭しく頭を下げてから鷹叡は両手で金杯を手にした。

(……あぁ。また、私は……)

桃霞にきちんと礼を言っていなかったことを思い出す。

鷹叡は金杯を手にしたまま、すぐ隣で丸くなっている白龍を見た。白龍が顔を少し上げ、鷹叡を見る。

(おまえは……桃霞を忘れないだろう。だから……彼女を守ってやって欲しい)

じっと鷹叡を見つめていた白龍の赤い瞳が、了承したと言わんばかりに瞬きをする。鷹叡は静かに頷いた。

そしてゆっくりと金杯に注がれた仙桃酒を飲み干す。

童子の姿から青年の姿に変わるまでは、一瞬の出来事であった——。

「……何か、騒がしい感じね」

蘭葉に手を引かれながら桃霞が鳳仙殿に向かっていると、彼女にもわかるほど天界人たちが動揺している。

「まさか儀式が失敗したなんてことは――」

「仙人の儀は成人するだけの儀式ですので、失敗はありえませんよ」

「で、でも、鷹叡……月天子は魂魄が欠けた状態だから……」

「そんなに心配なされるなら、今後も四六時中《しろくじちゅう》月天子の傍にいられるのがよいかと」

「それとこれとは話は別よ」

ひそひそとふたりで話をしているうちに、鳳仙殿に辿り着いた。

大勢の人に紛れ込むようにして鳳仙殿内に入ると、最上段には天帝と皇后が座っていて、その一段下に月帝の冠を被った銀灰色の髪が美しい青年が座っている。

(夢のお姿と同じだわ……！)

赤い瞳に銀灰色の髪。

天界人とは成人するとこうも姿が変わってしまうものなのか。

「……お姿が……全然違うわ」

「は、はい。私も大変驚いております」

「よくあることではないの？」

「いいえ、こんなふうに眼の色や髪の色が変わるのは、あまり聞いたことがございません」

「……もしかして魂魄が欠けているせい？」

自分のせいかと思い、胸が苦しくなった。

「それは違います。童子のお姿は仮のお姿で、成人したお姿こそが本来のお姿と話に聞いています」

「それならよかった……」

自分のせいで彼に何かあっては堪らない。

桃霞は再び鷹叡を見上げた。

童子の姿のときから整った顔立ちではあったけれど、今は精悍《せいかん》さも加わり、花が咲き誇るような美しい姿に一瞬見とれる。

「まるで蝶花《ちょうか》様のようだ……」

背後の天界人がそんなことを呟く。

（蝶花様？）

桃霞の疑問を感じ取ったのか、蘭葉が耳元でそっと囁《ささや》く。

「……天帝の妹君で……水龍神で……あらせられる御方です」

「今は、こちらには？」

「長く……病気で床に臥《ふ》せっているというお話で……しばらく、誰もそのお姿を見ておりません」

病気で床に臥せっている天界人。それが桃霞にはぴんとこなかったけれども。

「じゃあ……月天子は叔母君に似たのね」

血縁者であればそういうことも珍しくはないだろうと桃霞は考えたが、どうも周りがざわついていた。

(……こうして見ていると天界人も人間も大差ないわね)

口が達者《たつしや》な噂《うわさ》好き。

そのくせ面倒くさがりで、自分の世界の皇子の世話すらしない怠《なま》け者。

できないと言い訳をして逃げているのだから〝しない〟のと同じだ。

(鷹叡様……)

顔を上げ、美しい彼の顔をもう一度見る。

童子の頃の面影がすっかり消えてしまって、桃霞は寂しくなった。

「今後、月帝は葵殿《あおいでん》に居住を移し、次代の天帝として相応しい学術を身につけ──」

天帝の聖旨が書かれている巻子《かんす》を広げ淡々と読み上げている高官をぼんやりと眺めながら、桃霞は一歩下がった。

「……淑蘭様?」

「もういいわ。戻りましょう」

「はい……」

再び桃霞は蘭葉に手を引かれ、鳳仙殿を後にした。

「……白龍は、どうなったのかしら？」

あの、自分の肩の上にやたらと乗りたがってきた子仙龍。

「月天子同様、大人の龍になっているかと……」

「そう」

ふいに鳳仙殿に影がかかる。

大きな白龍が空を泳ぐようにして飛んでいた。太陽の光が当たれば、キラキラと鱗が銀色に輝いているように見えて、美しい。

「白龍……なんて、綺麗なの」

桃霞が見上げると、白龍の赤い瞳が彼女をとらえた。そしてまるでついて来いと言っているようにして体をくねらせ、儀式の最中であるのも我関《われかん》せずといった様子で森の方角に飛んでいく。

「白龍！」

桃霞は引きずるほど長い羅裙《らくん》の裾を上手にさばきながら、白龍の飛んでいった森を目指した。

「しゅ、淑蘭様！」

慌てた様子で追いかけてくる蘭葉を振り返り、桃霞は言う。

「大丈夫！　あなたは先に離宮に戻って休んでいて」

「淑蘭様……」

蘭葉は肩で息をしながら、その場に立ち尽くし、主人の走っていく方角をただ見ているしかなかった。


(白龍は、私を覚えてくれているんだわ)

髻に飾った大きな百花王《ぼたん》の絹花の髪飾りや簪《かんざし》が落ちる勢いで、桃霞は必死に白龍を追った。

ようやく白龍に追いつくと、そこは美しい湖だった。

「……白龍……私を、覚えているの？」

白龍は赤い瞳を桃霞に向けてくる。

桃霞はそっと白龍に近付いて手を伸ばす。その体に触れると、以前とは違い、鱗はすっかり固くなっていた。

「白龍も大人になったのね……」

白龍は体を休めるように湖の畔《ほとり》で体を丸めた。

「……疲れた？　大丈夫？」

龍を相手に何を言っているのだろうと思いながらも可笑しくて、そして白龍が自分を忘れずにいてくれて、触れさせてくれることが嬉しくて涙が溢れた。

白龍はそんな桃霞を心配するように、顔を持ち上げた。

「だ、大丈夫。ただ、嬉しくて……嬉しいのに泣いちゃうなんて可笑しいわね」

目尻に溜まった涙を拭い、それから彼女は笑った。

「あ、そうだ。ねぇ、白龍……あなた、この腕輪を外すことができない？　鷹叡様の魂魄であるなら、やっぱりお返しをしなければいけないと思うの」

白龍に手首に嵌まった白翡翠の腕輪を見せると、白龍はただ瞬きをするだけだった。

「無理……ってことね？　そうよね……」

そして白龍は体をムクリと起こして、背中に乗れと言わんばかりの仕種《しぐさ》をする。

約束を果たそうとしてくれているのがわかった。

純粋に嬉しいと思えて微笑んだが、桃霞は首を左右に振った。

「ごめんね、あなたも忙しいと思うけど……約束を果たしてくれるのは……今じゃないほうがいい」

もしかしたら、これからも、約束を果たすことを自分は望まないかもしれない。

白龍の背に乗るのが怖いわけではけしてない。約束があるうちは〝繫がりがある〟けれど、約束が果たされてしまえばそこで〝終わり〟だ。

（……変よね……私は役目を解かれて下界に戻りたいと思っているのに……それが淑蘭公主にとって最善だと思っているのに）

元通りになれないのはわかっていた。

下界に戻っても、もう帰る場所も居場所もない。宮中で働くことを自分は望めなかった。自分の姿を見かけるたびに、淑蘭は託宣に背いて逃げだした罪を感じてしまうだろう……優しかった公主を苦しめたくないと考えていた。

「……ねぇ、白龍には親龍っているの？　いないか……鷹叡様の半身って言っていたものね」

桃霞はそっと腕を伸ばし、白龍の背を撫でる。

「……私にもいたはずなんだけど、武官だった父は早くに亡くなって、母も行方知れずで……もう、天に召されていていないのかもね。あれ？　じゃあ、ここにいたりするのかな」

「死人は冥界《めいかい》に行くから天界にはおらぬ」

透き通った凛とした声が響いて、桃霞は驚き振り返る。

その拍子に、撫でていた白龍の銀の鱗がぽろりと一枚剝がれてしまった。

「ひゃっ！　う、鱗が……ど、どうしよう」

慌てて元の場所に戻そうとするが、戻るはずがなかった。

「別に害はない。そなたが持っていろ。龍の鱗を持つ者には龍神の加護があるだろう……触れた場所が逆鱗でなくてよかったな」

桃霞はもう一度、今度はゆっくりと振り返ると、そこには黒地に金糸銀糸の刺繍が美しい布で作られた長袍を着た青年が立っていた。

銀色の月帝の冠を被っているから、その青年が鷹叡だとわかった。

銀灰色の美しい髪。すっきりと切れ上がった紅玉《こうぎょく》のように煌《きら》めく瞳に、思わず息を呑む。艶《あで》やかな女人よりも艶《つや》めいて美しく、彼の周辺の空気を浄化させてしまうように感じられるほど、青年となった鷹叡は神々しくなっていた。

それでも、全ての感情を削ぎ落としたような表情は変わりなく、美しい紅玉の瞳はどこを見ているのかわからないように見えた。

（彼が童子の姿だった頃よりも……）

鷹叡は厭世的になっていると感じられた。

仙人の儀が終われば、青年の姿になって、力の制御もできるようになり、変わるはずではなかったのだろうか？

（……やっぱり……魂魄が欠けてしまっているから？）

少年期を辛く寂しい思いをして離宮で過ごしていた事実があったとしても、それは忘れてしまっているのではないだろうか。そのための忘却《ぎしき》なのではなかったのか。

桃霞は両膝をつき、恭しく彼に拱手《きょうしゅ》した。

「白龍月天子。ご成人、おめでとうございます」

「ああ」

「まだ、儀式の途中では……？」

桃霞が彼に尋ねると、鷹叡は小さく息を吐く。

「白龍の気配が遠くなったから、追ってきたのだ」

彼はちらりと自身の半身である白龍を見た。

「え？　あ……そうなのですか……」

「……と、いうことを理由にして抜け出してきた。あの場は退屈すぎて死にそうになる」

「……あの……」

冗談なのだろうか？　笑うべき場面かどうかわかりかねてしまう。

童子の姿の鷹叡もまた、長い時間退屈をして過ごしてきたのだろうけれど、死にそうだとは一度も漏らしたことはなかった。

広間においては御簾の向こうで、房室においては衝立《ついたて》の向こうで、退屈を飽きることなく過ごしてきた彼だったのに。

「死ぬ……って、その……天界人も……死ぬことはあるのですか？」

疑問に感じたことをそのまま口にすると、鷹叡は紅玉の双眸を細めた。

「……何を言っているのだ？」

「え？」

「そなたも天界人であろう？　何故そんな質問をする」

「あ……の」

桃霞は思わず俯いた。

（そうか……忘却の仙桃酒で、本当に忘れてしまわれたのね……）

それでも、彼が厭世的なのは何故なのだろう。

「おそれながら……私は下界の崔国の公主、宋淑蘭と申す者で、天界人ではございません」

「下界人だと？」

それまで淡々となんの感情も籠もっていない話し方をしていた彼の言葉に、侮蔑《ぶべつ》的なものが滲んでいるのが感じ取れた。

背後の白龍がグルル……と低く唸る。

いつもは穏やかな白龍が自分の半身である鷹叡に対して、怒りを抱いているのがわかって、桃霞は嬉しくもあり、悲しくもあった。

忘れられても構わなかった。

それが天界の習わしならばと思っていたが、鷹叡がこうも変わってしまったことが、悲しく思えたのだ。あんなに優しい人だったのに。

「白龍、戻れ。儀式の途中だ」

先ほどは抜け出したかったからと彼は告げたのに、今度はそれを理由に白龍を戻そうとした。

彼は、いや、本来の天界人は桃霞が思っていたとおり、下界人に対して侮蔑的であるのが普通なのだ。桃霞の女官の蘭葉も「そうではない」と言ってくれたが、心の奥底には何が潜んでいるのかわからない。

（……鷹叡様はもう、私を傍には置かないわ……）

立ち去ろうとする鷹叡に向かって桃霞は声をかけた。

「おそれながら、白龍月天子にお願いがございます」

「下界人がこの私に願いだと？」

突き放した物言いに、桃霞の胸が痛む。

それでも、今、言わなければその機会すらもう与えられないように思えて、怯《ひる》まずに言葉を続けた。

「……この、腕輪を外していただきたいのです」

桃霞は袖を少しだけ捲り、艶めいて輝く白翡翠の腕輪を彼に見せた。鷹叡はそれを見るなり明らかに不愉快そうな表情を浮かべる。

「欠けた魂魄がそんなところにあろうとはな」

深々と息を吐いてから、彼は言葉を続ける。

「そなたに言われずとも、今すぐにでも取り戻したいところではあるが、魂魄の込められたものはそれを作った者にしか外せぬ」

「え？」

「成人前の鷹叡にしか外せないと言ったのだ。何度も言わせるな」

「……鷹叡様に……しか？」

「無礼者。下界人に名を呼ぶことを許した覚えはない」

冷たい声が響いて、桃霞は慌てて土下座《どげざ》する。

「も。申し訳ありません……お許しを……白龍月天子」

「二度目はないと思え」

「……はい」

鷹叡は紅玉の瞳で桃霞を一瞥《いちべつ》すると、白龍を見た。

「戻るぞ、白龍」

彼の言葉に対し、白龍は低く唸り声を上げるだけだった。それを見て大仰な溜息をついた鷹叡は、もう何か言うことはなく踵《きびす》を返し、追いかけてきた臣下《しんか》と共に鳳仙殿に戻っていった。

地面に頭をつけたままの桃霞の横に、白龍はその大きな体を寄り添わせた。

「……あなたも、怒られちゃうわよ？　月天子の半身なんでしょう？」

苦笑する桃霞を白龍はじっと見つめたまま身動きしなかった。

「……ありがとう……ごめんね……やっぱり私、すんなりと帰っておけばよかったね。〝あの方〟は戻すと言ってくださったのに」

幼い姿をした主はもうどこにもいない。

生涯、彼の傍で寄り添い生きていきたいと思っていたのに、桃霞の主はいなくなってしまった。

桃霞はそっと白龍に体を預けた。硬い鱗越しにぬくもりを感じる。

「……あんなに、可愛かったのに……もっとたくさん、彼を抱きしめておけばよかった。私ね……何もかもを許してくれる〝あの方〟が大好きだったのかも。だから、もっとたくさん、色んなお話もしておけばよかった……もう、遅いわね」

溜息をついて、ゆっくりと立ち上がった。

「ありがとう白龍。私はもう大丈夫、月天子のところに戻って」

白龍は瞬きをして、ふわりと宙に浮かび上がった。

（……これから、どうなっちゃうのかな）

鷹叡に下賜された白翡翠の腕輪を眺めて、再び溜息をついて途方にくれるしかなかった。

＊＊＊　＊＊＊　＊＊＊

鷹叡は不愉快そうに祝いの席に戻り、酒をあおった。

下賤《げせん》なものである下界人――と、散々祝いの席で高官たちに吹き込まれた、その〝下界人〟に名前を呼ばれて気分が悪かった。

仙人の儀を終えて、成人し、鷹叡は自分に欠けて足りないものがあることにはすぐ気が付いた。

己の魂魄が欠けている。

どういうことなのかさっぱりわからずにいたが、すぐに魂魄が欠けた原因に辿り着く。

鷹叡を名前で呼んだ下界人。

白龍と仲良さそうにしていた下界人。

いったい何者なのかわからなかった。わからないのに、懐かしいような気持ちにさせられて不快感を覚えた。

思い出したいのに圧倒的な何かが自分の記憶を制御しているように、思い出せない。それが忘却の仙桃酒のせいだとわかっていたから絶望的だった。

うっかり忘れたのであれば思い出せるのに、忘却の仙桃の力はたとえ天界一の力を持っていようが抗えない。

忘却の仙桃で忘れたことは二度と思い出せないのだ。

（下界人が……下賤な者だと？）

百花王のように美しい娘。

今、この場で祝いの舞を踊っている妓女《ぎじょ》よりも、澄ました顔で座っている高官の娘たちよりも、先ほどの娘のほうが美しいと鷹叡は思っていた。

姿は美しくて、魂は清らかだと思えた。

（白翡翠の腕輪……）

しかも己の魂魄が込められた腕輪を彼女が身につけていることの意味を考えれば、何故か心の奥が疼《うず》いた。

童子の姿の〝鷹叡〟は彼女と約束をしたのだろう。彼女を手放したくなくて、魂魄を削ってまで下界人である彼女を、自分に縛り付けたかった？　そして彼女は腕輪を受け取った——自分の知らない（忘れてしまった）ところで交わされた大事な約束が思い出せないことが、ひどく腹立たしかった。

「白龍月天子、私の娘、白麗《びゃくれい》でございます。どうぞ、お見知りおきを」

楚々とした美女が傍に寄ってきて酌《しゃく》をしてくる。しゃらりと金歩揺の音を立て、彼女は作り笑いを浮かべている。

――気に入らない。

高官の娘だから、后がねなのだろうということにはすぐに気付けたが、苛々する。下界人の悪口を散々言っていた男の娘だからではない。欲しいのは、目の前の女ではないと心の奥底で何かが喚いている感覚に苛々させられていた。

それからも次々と后がねであろう女たちが酌をしにきて、愛想笑いをしていたが、百花王のような娘はひとりもいなかった。

(何故だ?)

父である天帝に目を向ける。白翡翠の腕輪を童子の自分が百花王の娘に下賜し、それのせいで魂魄が欠けていることくらい知らぬはずはないであろうに、何故この場にあの娘を呼ばないのか。

成人前の父帝との関係も思い出せはしないが、どうしてか憎らしくて堪らない気持ちにさせられる。

その感情は儀式が終わり、葵殿へ移動してからも胸の中で燻《くすぶ》り続けていた。

# 第三章　葵殿炎上

「本当、ひどいですよね！」

鷹叡が葵殿に移ってからも、桃霞を含めた離宮の女官らは葵殿に呼ばれずに、そのまま離宮に残されていることに蘭葉はひどく腹を立てている様子だった。

ふたりは離宮にある四阿《あずまや》にいた。

桃霞は立腹している蘭葉をよそに、淡々と琵琶《びわ》を弾いている。

「……」

ふと、桃霞は琵琶を弾くのをやめて、蘭葉を見た。

「ごめんなさいね……たぶん、私のせいだわ。月天子は下界人がお嫌いなようなので、この女官を呼べば私も来るとお思いなのよ」

「それがひどいと言うのです。朱葉様ほどの長い期間ではなかったとはいえ、淑蘭様にもお世話をしていただいたというのに。それに、以前の月天子はご自身の魂魄を分け与えるほど、淑蘭様を好いていらっしゃったのに、このような仕打ちをなさるなんて」

「……その魂魄のせいで、あなたたちに不自由な思いをさせています。主のいない離宮での暮らしは……不自由でしょう?」

「不自由はございませんので、淑蘭様はお気になさらないでください」

桃霞はふぅと溜息をついてから、蘭葉に告げる。

「実は……陛下にここの方たちが葵殿で働けるよう、上奏しているの。……私は、公主ですが、その……自分のことは自分でできるよう教育を受けているので……だから私は離宮に残って……」

「そのようなお話であるなら、私もこちらに残ります」

蘭葉はきっぱりと返事をしてくる。

「淑蘭様が葵殿に移られないのであれば、私もあちらへは参りません」

「でも、怒っているのでしょう?」

「私が怒っているのは、ここの女官たちが放置されていることではなく、淑蘭様が捨て置かれていることです。私は……あのような恩知らずな方を主としてお世話などしたくはありません」

声を潜めて蘭葉が告げた。

「蘭葉の気持ちは嬉しいけれど……」

「それに、淑蘭様が何かなさらずとも、向こうから泣きついてくるに決まっています」

胸を張って淑蘭が述べた。

「……どういうこと？」

「月天子はお力の制御がうまくできていないようでございまして、葵殿の女官が音を上げているという話を聞いております」

「そんな……」

「治癒能力もうまく使いこなせていないようでして……せっかく仙人の儀を済まされたというのに、状況は以前よりも悪くなっているようです。それに、今は陛下が月天子の后がねの選択もなさっている最中ですので、余計に月天子のご機嫌がよくないようでして」

「……そう……きっと、急な体の変化や環境の変化に月天子自身もついていけてないのよ……今のご状況がわかりかねるけれど……無理がたたっているのであれば、ご静養をさせて差し上げればよいのに……とは思うわ」

桃霞の言葉を聞いていた蘭葉は苦笑した。

「淑蘭様はお優しいですね……こんな扱いを受けているというのに」

「月天子は苦しんでいらっしゃったわ……それでも、苦しいとは一言も仰らなかった……私が今悔やむことがあるとするなら、あのとき……もっとお話をして、月天子の苦しみを聞いて差し上げられなかったことだけ」

桃霞はそっと白翡翠の腕輪を撫でた。

今、苦しんでいるであろう彼を抱きしめて、その背を撫でられない代わりに――。

(……ごめんなさい……鷹叡様……あなたを抱きしめられなくて……)

『……退屈……〝それ〟がどういったものなのかが、私にはわからない。ただ、私に関わる者が傷付く姿には心が痛む。だから……何もしないのがよいことだと、思っている』

桃霞は俯く。

大人になったあの人だって、同じように感じているはずだ。

『……だから誰も私に関わりたがらない』

感情を見せない無表情な瞳。

彼が隠していたものは、なんだったのだろうか。

無感動な瞳が秘めていたものは、なんだったのだろうか。

彼は何を伝えたかったのだろうか。

彼が本当に欲していたものは、なんだったのだろうか?

『私は、そなたに抱きしめられたい』

(……私も……抱きしめてあげたいです……鷹叡様)

自分の苦しみは何一つ漏らさず、それなのに他人の苦しみには敏感で、鷹叡はすぐに桃霞が身代わりであることを知っていると言ってくれた。

彼が何も言わずにいたら、桃霞はずっと苦しい思いをして、後ろめたい気持ちを抱いたまま鷹叡に接していただろう。

鷹叡は何かに苦しみながらも、〝許す〟ということを知っている人だった。

桃霞は小さく溜息をつき、再び琵琶を奏でようとすると、青い服を着た下位の女官が四阿に駆け込んできて、蘭葉に耳打ちする。

天界にも序列はあって、青い服の女官は位が低く、月天子の側仕えだった桃霞には直接話ができないしきたりだった。

「な……なんてこと……」

青ざめる蘭葉に桃霞は何事かと尋ねた。

「は、はい。葵殿が……燃えているそうでございます。淑蘭様」

「葵殿が？　そ、それで……月天子はご無事なの？」

「はい、月天子のお力の暴走によって葵殿が燃えてしまった様子でして……今は、陛下の居住されている鳳凰殿《ほうおう》に月天子は移されている模様《もよう》です。身体的にはご無事とのことで……薬で眠らされているそうですが」

「……そう」

「それから……陛下が……淑蘭様をお呼びだそうです」

「私を？」

「はい。おそらくは、側仕えのお話かと」

「私が側仕えになることは……月天子がお許しにならないと思いますが……」

桃霞が琵琶を横に置くと、蘭葉が傍まで歩み寄ってきて手を差し出す。その手に自分の手を乗せて、公主らしい仕種でゆっくりと立ち上がった。

立場的なことを言えば〝淑蘭〟も一介の女官でしかないのだが、彼女が人間界では公主であり、鷹叡の側仕えであることから、色艶やかな齊胸襦裙《さいきょうじゅくん》や吊帯長裙《つりおびちょうくん》を着ることや、髻に歩揺や簪を挿して着飾るのを許されていた。

たおやかに披帛《ひはく》を揺らしながら、天帝である叡清のもとへと彼女は向かった。


離宮より輿《こし》に乗った桃霞が鳳凰殿に辿り着くと、女官に叡清のもとへ案内される。既に叡清が龍の彫られた黄金に輝く玉座で待っていた。

「……お呼びでしょうか。陛下」

桃霞は膝をつき、拱手した。

「うむ。そなたの上奏文は読んだのだが……実は葵殿が燃えてしまった」

「はい……その葵殿の件は……私も存じ上げております」

「仙人の儀が済めば……と余は期待していたのだが、状況は悪くなってしまったようだ……葵殿に関するそなたの望みは叶えるつもりでおったのだが」

「……おそれいります。陛下」

「すまぬが、今一度、離宮で鷹叡を見てもらえぬだろうか」

「……離宮……で、ございますか?」

「葵殿が燃えてしまったとなると、また新たな宮殿を建てなければならぬ。他にも宮殿はあるが、どうにも新しい環境が、力を暴走させてしまうようでな」

「……ですが……離宮のこともお忘れなのでは?」

「おそらくは。なれど、今の鷹叡の様子では、他の宮殿を使わせるわけにもいかぬ」

(離宮なら……燃えてなくなっても構わないと……仰せなのね)

思わず溜息が漏れそうになったが堪えた。

「……月天子は、下界人がお嫌いなご様子……私がお傍にいれば、また他の者を傷付けることになりかねません」

「うむ……以前はそうではなかったのだがな……そこでそなたに話がある」

「はい、なんでしょうか。陛下」

「そなたの腕輪には、鷹叡の魂魄が込められているな?」

「……はい、そのように月天子が……」

「それは鷹叡がそなたを后がねに選んだ証だということは、余にもわかっておった。なれど、人間の娘ということで高官からの反対も多かろうと、しばらく高官が薦めてくる娘を月天子に后がねとしてあてがい様子を見るつもりだったが、結果がこうだ。もうどの者も娘を后がねにと言い出さないだろう」

「ですが……今の月天子は、下界人を嫌っております」

「葵殿の件も含めこれまでのことは、忘却の仙桃で作られた茶を飲ませて忘れさせてある」

「え？」

「そなたは今から宋月快《そうげつかい》という天界人の縁戚《えんせき》として、鷹叡に接するよう」

「それはつまり……月天子に嘘をつけ、ということでございますか」

「嘘も真実を言わねば真《まこと》となる。他の天界人にも口裏を合わせるよう命じてある。案ずるな」

「……は、い。陛下」

桃霞が了承すると、叡清は静かに頷いた。

「婚礼の儀は鷹叡が安定次第執り行う。だが、その前にそなたには早々に子を宿してもらいたい」

「……お、お子を？　ですか」

「鷹叡があああっても、もし落ち着くことがあれば、他の高官どもが再びうるさく騒ぐだろう。先に子を宿してしまえば、文句は言えまい？」

「……で、ですが……」

「鷹叡はそなたを選び、そなたも鷹叡を選んだのではなかったのか？」

桃霞の腕輪を見つめながら叡清が告げる。

「……これは……選んだという恐れ多いものではなく……側仕えの女官として居続けるために必要だと……思っていたので」

「鷹叡では不服か？」

「とんでもないことでございます……不服だなどとは微塵《みじん》も……」

叡清は再び頷く。

「では、余のいうとおりに。〝淑蘭公主〟よ」

「……は、い」

叡清の言葉に脅《おど》しが含まれているようで、桃霞はこれ以上彼を相手に何かを述べることはできなかった。

天帝である彼の命令には逆らえない。それは今上帝に逆らえないのと同じで、ましてや、崔国の命運もかかっているとなれば尚更だった。

ただ、鷹叡に対し嘘をつかねばならないことが心に影を落とすのだ。

ましてや、結婚よりも前に枕を交わさなければならなくなるとは。

（……それは、鷹叡様にとって最善のことなの？）

それでも、自分には拒否権はなかった。


離宮に戻ると、既に鷹叡が移されてきていた。

彼は、仙人の儀以前に使っていた臥室《しんしつ》の、臥榻で眠っていた。

淡雪のように白い肌は青白く、桃のような色をして艶《つや》やかだった唇は、今は少しくすんで、かさついているように見える。

「……お怪我は……ないの？」

桃霞の背後にいる蘭葉に尋ねた。

「お怪我はございません。茶と薬を飲んで眠っているところです」

葵殿から鷹叡と共に離宮に移ってきたと思われる、紫色の服を着ている女官が蘭葉の後ろに青ざめた表情でぽつんと立っていた。

「……お茶は、忘却の……？」

「……はい」

「そう……」

桃霞は小さく溜息をついて、鷹叡の頬に張り付いていた髪を指先でそっとはらった。

（冷たい……頬……）

鷹叡の能力は他人に火傷を負わせたり、葵殿さえも炎上させてしまったりするほどなのに、当の本人はこんなにも冷たくて、桃霞の眦に涙が浮かんだ。

冷えた彼の体が、凍りついてしまった心のように思えて――。

「月天子のお体が冷たいわ。臥室をもっと温めて」

「は、はい……淑蘭様」

蘭葉が雑用係の女官らにもっと火を持ってくるように伝える。そんな様子を鷹叡に付き添って葵殿からやってきた女官は驚いた様子で見ていた。

「……本当に、淑蘭様は月天子に触れても……怪我をされないのですね」

桃霞はゆっくりと振り返り、葵殿の女官を見る。

「あなたは、私をご存じね？　本日より私は宋月快様の縁戚の者として月天子に接することとなりました。これは陛下のご命令です」

「宋月快様の……さ、さようでございますか……」

「それと、月天子の側仕えではなく、后がねとしてお傍にとのご命令ですので、ご協力を」

「かしこまりました……わ、私は何を？」

桃霞はにこりと微笑んだ。

「少しお休みになってください。色々あってお疲れでしょう……後は私にお任せくださいませ」

「あ、ありがとうございます」

桃霞は視線を蘭葉に向けた。

「離宮の空いているお部屋に案内して差し上げて」

「はい。淑蘭様」

ふたりが臥室から出て行った後、小さく息を漏らした。

「……お寒くはないですか？　月天子」

眠っている鷹叡に話しかけても返事はなかった。

桃霞は手を伸ばし、彼の頭を撫でる。艶々とした銀灰色の髪は絹糸のように柔らかく触り心地のよいものだった。

（結局、あなた様の苦しみは……なくなることはなかったのですね……）

葵殿を炎上させるほどの出来事はなんだったのだろう。

触れる者を火傷させるという話は聞いていたが、発火する話は聞いていなかった。

「失礼いたします。淑蘭様」

「ええ、どうぞ」

戻ってきた蘭葉が入室してくる。

「……月天子のお加減はいかがですか？」

「まだ、眠っていらっしゃるご様子よ……」

「さようでございますか……淑蘭様、さきほどの葵殿の女官に、炎上時の様子を伺ってまいりました」

桃霞の耳元で蘭葉は、今聞いてきたばかりの葵殿が炎上したときの内容をぼそぼそと囁いた。

「そ、それで……その方の容体は？」

「全身に火傷を負われて……今は大医が……」

「……そう」

鷹叡の眠る臥榻に腰掛けていた桃霞は立ち上がり、蘭葉と共に臥室を後にする。

蘭葉が聞いてきた話は、臥室において臥榻で眠る鷹叡の体に、后がねの娘が大胆にものしかかったことで立腹した鷹叡の体から火柱が上がり、炎上したという内容だった。

その話が真実であるなら、天帝が言っていたとおり、相手が月帝であれ、娘を差し出そうと考える高官《おや》はいなくなるだろう。

「……陛下は、同じことを淑蘭様に要求なさっているのですよね……」

蘭葉は天帝と話をしている間、ずっと傍にいたため、これから桃霞がどう振る舞わなければならないのかを把握している。

「離宮を……燃やさないよう……努力するわ。心配しないで」

「私は離宮のことではなく、淑蘭様の身を案じているのです」

「……私に何かあれば、それこそ天命と考えるしかないわ。これからは私のお風呂に入れる花の量を増やして。それから……房中術の書物もあるようなら持ってこさせて」

「か、かしこまりました」

桃霞は溜息をつきそうになったのを、寸前で止める。

「……月天子の様子を見てきます……蘭葉はもう休んでいいわ」

桃霞は再び臥室に戻り、彼が眠る臥榻を囲う薄絹を捲り、月天子の顔色を見た。相変わらず、その顔色は青白く桃霞の胸を痛めさせる。

彼がどんなふうに自分を突き放したかを忘れてはいない。

けれど、姿はすっかり変わってしまったが稚い月天子を思い出してしまうと、どんな仕打ちを受けようとも、彼から離れたくないと思ってしまうのだ。

(信じるしかないのだろうけど……難しそうだわ)

衾《ふすま》から鷹叡の手が出ていて、その手を中に戻そうとするとふいに左腕を掴まれた。

「……お気付きになられたのですか?」

声をかけても返事はなかった。

覚醒を拒むように閉ざされた瞼《まぶた》にも動きはない。

桃霞は、ふうっと溜息をついた。

彼の手を無理やり解くことなく、彼女は自分の右手をそっと重ねながら臥榻に腰掛ける。

「もう……お忘れでしょうけれど……黒曜石のような月天子の瞳が美しいと、私は言いましたが……紅玉のような今の月天子の瞳も、美しいと思っておりますよ……ですから、今はお疲れで眠っておられても、早く目を覚ましてくださいね」

何故、自分はこんなことを彼に話しかけているのだろうかと苦笑した。

それは、青年の姿になった鷹叡の厭世的な瞳が気になっているからか。

それとも、退屈で死にそうだと彼が言ったからだろうか。

何もしないほうが誰も傷付かないと言った鷹叡の心は、まだ彼の中に残ってしまっているのだろうか。

「……月天子……お許しを」

桃霞はそう言って、彼の額にそっと口付けた。

さきほどまでは冷たかった鷹叡の体にぬくもりが戻りつつあることを、手や唇で感じることができて桃霞は安堵した。

それから一晩中、鷹叡の手が桃霞の腕から離れることはなく、彼女はそのまま一夜を過ごすこととなった。

「……こうして見ているいると……童子のお姿であった頃の月天子よりも、稚い感じでございますね」

早朝に鷹叡の臥室にやってきた蘭葉が、桃霞の腕をしっかりと摑んでいる鷹叡の姿を見てぽつりと呟いた。

「……お目覚めになるかもしれません、朝餉の用意をしておいてください」

「はい。淑蘭様」

「果物を多めに……特に沙果《りんご》は欠かさないよう。お好きなご様子でしたので」

「沙果……ですか。気付きませんでした……」

蘭葉が驚いたように告げると、桃霞は苦笑した。

「主が……何をすればお喜びになるか……そんなことを考える癖が私にはついてしまっているのでしょうね」

淑蘭公主が何を好んでいたかは全て言える。食べ物も、好きな花も、色も……。

「……私以外の者のことを……考えるな」

透き通った声が響いて、桃霞が視線を鷹叡に向けると、彼は紅玉の瞳を開けてぼんやりと天井を見ていた。

「……月天子、お目覚めになったのですね？」

「……あぁ……そのようだな」

他人事のように呟いて、彼は浅く息を吐いた。

「朝餉はすぐに召し上がりますか?」

「……そう……だな」

桃霞が蘭葉に視線を送ると、彼女は頭を下げて朝餉の準備のために臥室から出て行った。

彼が目を覚ませばすぐに解かれるだろうと思っていた腕は握られたままで、当の本人はぼんやりと天井を見つめたままだった。

(聞き間違いだったのかしら……?)

鷹叡は自分のこと以外考えるなと言ったように聞こえたが、彼の今の様子を見ていると到底そんなことを言った人物には見えなくて桃霞は苦笑する。

「……胸が、痛む」

「大医をお呼びします。お待ちを」

立ち上がろうとする桃霞の腕を、鷹叡は放そうとしない。

「どこにも行くな。傍にいろ……」

弱々しく、消えてしまいそうなか細い声で彼が言う。

「……かしこまりました」

蘭葉をもう一度呼ぶため、桃霞は小さな振鐘に手を伸ばし、それをそっと振った。

「いかがなさいましたか?」

「月天子が胸の痛みを訴えておりますので、大医を呼んでください」

「は、はい。かしこまりました。淑蘭様」

臥室から蘭葉の姿が消えると、鷹叡は虚《うつ》ろな赤い瞳を桃霞に向けてくる。

「そなたは、淑蘭と申すのか？」

「はい。宋月快様の縁戚の者で、宋淑蘭と申します」

后がねの話は今するべきか悩んだが、遠からず言わねばならぬことと思い、淑蘭は言葉を付け足した。

「それで……その、おそれながら……月天子の后がねでございます」

「……そうか」

朦朧《もうろう》とした紅玉の瞳には輝きがない。

薬は仕方ないとしても、再び記憶を失わされたせいではないだろうかと、桃霞は鷹叡の身を案じた。

「大丈夫ですか？　もうすぐ大医がこちらに参りますので、少しお待ちを……」

「う、む」

鷹叡は桃霞の左腕に嵌まっている白翡翠の腕輪に指を滑らせる。

「この腕輪は私の魂魄で作られているな？」

「は、はい……そのように仰せでした」

「そうか……」

「……」

桃霞は一瞬ためらったが、同じ質問を彼にしてみることにする。

「あの、この腕輪を月天子が外すことは可能ですか？」

「外したいのか？」

虚ろな瞳で鷹叡は桃霞を見上げてくる。

「……はい。月天子の体調が優れなかったり……その……力の制御がうまくいかなかったりするのは、魂魄が欠けているせいかもしれないと思うので……」

「力の制御？　淑蘭……私は今、こうしてそなたに触れていられるというのに？」

腕輪に滑らされていた鷹叡の指先が、桃霞の指先へと移動してくる。

「私が触れてもそなたは傷付かないではないか……それなのに、力の制御ができていないと申すのか？」

「そ、それは……」

その理由は鷹叡自身が教えてくれていた。

縁すら持たぬ者であるから、彼が桃霞に触れても何も起こらないのだと。

何も持たざる者――〝無〟それが桃霞なのだ。

「あ、あの……お嫌ではないのですか？　私のような者が……月天子の魂魄の一部を持っていることが……」

桃霞の問いかけに返事がなかった。

不安になってそっと鷹叡を見ると、彼は再び眠りに落ちてしまったようだった。


それからの鷹叡は、時々目を覚ましては眠るという生活が数週間続いた。

大医は仙人の儀の後であるから、こういうことがあってもおかしくはないと言っていたが心配だった。

鷹叡が眠りに落ちてしまうたび、もう二度と彼が目を覚ましてくれないような気がしてしまって——。

(最近、いくら磨いても、白翡翠の腕輪がくすんできている感じがする……)

初めは艶々とした美しい輝きを持っていたのに、このところくすんできている。それが鷹叡の体調と連動しているように感じられて不安になってしまうのだ。

「……月天子……お目覚めになってくださらないと……私は、不安で……堪らないです」

彼の手を両手で握りしめ、自分の頬にあてた。

もう冷たいと感じることはなかったけれど、こうも長い間床に臥せっていられると心配で胸が潰れそうになってしまう。

ふっと規則的な寝息が乱れて、鷹叡が目を覚ます。

「月天子……」

紅玉のように美しい瞳が、桃霞を見る。

「あぁ……いてくれたのだな」

「離れることなどできません」

「何故？」

「心配だからです」

「……そうか。私を案じてくれているのだな……すまない……少し、やつれてしまったか？」

彼の手が桃霞の頬を撫でる。

「百花王もそなたの前では恥じらって閉じてしまうほどの美しさを持つというのに……やつれた顔は心が痛む」

「……私はそんなに美しくないです……ですが、心が痛むと仰せなら、一日も早くよくなってくださいませ」

「もうだいぶよい。眠くて堪らぬという感覚もなくなってきている」

「……本当にただ、眠かっただけなのですか？」

「大医からそのような説明は受けなかったか？」

「仙人の儀の後は、よくあることだとしか……」

「大丈夫だ……淑蘭」

「でも、白翡翠の腕輪が……」

「あぁ……随分、色が悪くなってしまっているな……美しいそなたには相応しいとはいえぬ腕輪だな」

鷹叡は腕を伸ばし、彼女の左腕に嵌められている腕輪に右手を置いた。

ぽぅ……と光が灯り、腕輪がみるみるうちに艶やかな輝きを取り戻す。

「……何をなさったのですか？」

「私の魂魄を分け与えた」

「なっ、何を……そんなことをなさったら、また月天子のお力が……」

「ほら……また美しい輝きを取り戻したではないか。どうだ？　前より美しいだろう？」

「月天子……」

得意げに言われてしまうと、あれこれ言うほうが心苦しくなってしまう。

――けれども。

「私は、外していただきたいとお願いしてあったのに」

「私には外せぬのだから、仕方ないだろう」

以前と同じ答えだった。

外せないものは外せない。童子《いぜん》の鷹叡にしか、この腕輪は外せないのだ。

「他の者のことを考えるなと言っているのに」

「え?」

驚いて彼を見ると、鷹叡は苦笑した。

「また、私以外の者のことを考えていただろう?」

「……昔の、童子のお姿だった頃の月天子を考えていただけです。月天子は……心まで読めるのですか?」

それはまずいと思えた。

今は、前以上に彼に対しての偽りが多すぎる。

「心など読めぬ。だが、そなたが別の何かを考えていると感じるとき、とてつもなく不愉快な気持ちになるのだ」

「……考えていたのは、月天子のことですよ」

「それでも、嫌なのだ」

腕を引っ張られて、そのまま彼の胸の中に桃霞は倒れこむ格好になる。

「……他の、誰のことも考えてくれるな……」

彼を抱きしめることはあっても抱きしめられることはなかったから、桃霞は頬を赤らめる。

しかも童子の姿をしていたときとは体つきが違っていて、どきどきしてしまう。

（以前は私が彼をすっぽりと抱きしめてあげることが、できていたのに……）

今は鷹叡に抱きすくめられている。

「げ、月天子……わ、私は……あの……」

「そなたは私の后がねなのだろう？」

「で、ですが……あくまでも、候補で……」

「私の魂魄を持っているのに、何を言う」

覚悟はできている。

房中術が書かれた本も読破した。

どんなことをするのかはおおよその想像もついていたし、宮中の女官たちの噂話でも聞いていたが、本の内容は想像を超越するもので、枕を交わすという簡単なものではなさそうだった。

（でも……私が天界人ではなく下界人だと知られてしまったら……）

彼の蔑むような視線が思い出される。

ただの下界人だから、地位も縁も何も持たないから——自分は彼に触れられる。

高位であればあるほど、彼に触れた者は深傷《ふかで》を負う。

葵殿で月天子に夜這いをかけた后がねの娘は、かなり高位の天界人だったのではないだろうか。

単に立腹しただけで葵殿が炎上するほどの力が暴発してしまうものだろうか？

（それはやはり……高位の者だったから……）

普通であれば月帝の后には、高位の娘であればあるほどなりたいと思うものだ。

下界でもそうなのだから天界でも同じだろう。

寵愛《ちょうあい》を受けたいと必死になるのはあたりまえのことなのだ。

（寵愛を……）

それを自分が望んでもいいものなのかと悩んでしまう。天帝の子息である白龍月天子は、一体どの〝彼〟が本当の彼なのだろうか。

忘却の仙桃で作られた酒やお茶を飲むたびに、鷹叡は人格が変わってしまうようで、桃霞は戸惑うばかりだった。

童子の姿の鷹叡は、儚げで抱きしめてやらなければどこかに消えてしまいそうであったのに、青年の姿になった鷹叡は厭世的ではあるものの傲岸さがあって、下界人を見下していた。

――今の彼はどうなのだろう。

愛おしげに抱きしめられ、執着心を露わにされると、彼を騙していることが心苦しくて堪らなくなってくる。

童子の姿の彼は感情を見せたりはしなかったが、蔑んだ目をしなかった。

最後には、花が開いたような美しい笑顔を向けてくれた。

そんな彼が、まさか名前を呼ぶことにすら嫌悪《けんお》するようになるとは思いもしなかったから、再びそのようなことになったら？　と考えると恐ろしくなる。

『二度目はないと思え』

冷え冷えとした声。

思い出せば恐ろしくなって体が震えてしまう。

「淑蘭？　どうした」

「い、いいえ」

「……気丈そうに見えていたが……もしや私がそなたを怖がらせているのか？」

「いいえ」

怖いとは言えなかった。何故ならその理由が他の者とは違っているからだ。体に傷を負うことも確かに恐ろしいとは思うけれど、桃霞が嘘をついていると知れば、彼が呆気なく突き放すだろうと思えてしまうから怖いのだ。

「……少し、また、眠気が」

「……腕輪に魂魄を入れるからですよ……お休みになってください、月天子」

「あぁ……そうしよう。そなたに心配をさせたくないのだが……。淑蘭も少し休め……よいな？」

「はい、月天子」

「うむ」

鷹叡を再び臥榻に横たわらせ、衾をかけると、彼はすぐに眠りに落ちてしまった。

ふうっと溜息をついたところで、臥室に蘭葉が入室してくる。

「淑蘭様のお食事の用意をしました。月天子がお休みの間にお食べください」

「ありがとう……蘭葉」

「あと……お風呂のほうも……」

「ええ、そうね」

次に彼が目覚めたら――。

再び溜息が漏れた。

房室の卓子には種類も豊富な料理がたくさん並べられていたが、桃霞はいくらも食べることができなかった。

「……淑蘭様もお疲れのご様子。少し、お休みになられたほうがよいかと」

蘭葉が気遣わしげに声をかけてくる。

「……でも、月天子がいつお目覚めになられるかわからないですから……」

「その月天子がお休みになられるよう、ご命令をされていたように聞こえましたが」

臥室の傍にずっと控えていたのだろう。蘭葉がそう言うと思わず桃霞の頬が羞恥のために熱くなった。

そんな桃霞を見て、蘭葉は微笑む。

「もしも〝そのようなこと〟になりそうになった場合は、臥榻の傍にある蠟燭《ろうそく》の火を全て消してくださいませ。皆、房室から下がりますので」

「そ、そうなのね……」

「房中術の書物はお読みにならないほうがよかったのでは？　繋がり合うときは知識がなくとも自然にそうなると、私は聞いております」

「……蘭葉の言うことは、正しいかもしれないわ」

白茶を飲み、それから、はぁ、と息をついた。

月天子は何も知らない、と思えばこそ自分が房中術を少しでも知っておいたほうがよいだろうと思ったから、件《くだん》の書物に目を通したものの、その内容の生々しさに巻子を広げる手が何度も止まった。

『あいにく、どのように子が生まれてくるのかは私も知らぬ。本殿の書物庫にはそういった内容の書物があるかもしれないが。ただ、仙桃から子が生まれるという話は聞いたことがない』

童子の姿だった頃の月天子の言葉が思い出される。

（どうして桃から子ができないのかしら……天界なのに）

わけのわからない恨めしさを感じて、溜息ばかりが漏れた。

「今はとにかく、お体をお休めください。月天子ももう体力を持ち直しつつあるのですから」

「わかったわ。今は月天子のお傍には誰かついているの？」

「葵殿の女官が」

「そう……」

「……離宮の女官たちに月天子に関して何かをお求めになっては……淑蘭様が悲しい思いをされるだけです。淑蘭様が上奏してくださったお気持ちを私は嬉しく思いましたが……幼少時を知っている者たちは、月天子のお傍にいるのが怖いと思うでしょうから……」

「……そうね……それは、蘭葉も同じ気持ち？」

「私は、月天子のお力のことは話でしか聞いておりませんので……。乳母が下界に戻され、新たな側仕えの方が下界から来ると聞き、その方のお世話をするために離宮に呼ばれたので、本当に、私がここに来たのは本当に最近なのです。昔のことを直接見てはいないから、恐れる気持ちはあまり」

「そう、よかった……」

胸が締め付けられるように痛くなる。

女官らの気持ちも、もちろんわかる。傷付けられて平気な者などいないのだから。けれど、月天子も故意に傷付けていたわけではないということを考えてしまうと、あの稚い月天子の姿が桃霞の脳裏に浮かんでは消えて、涙を零しそうになってしまう。

（鷹叡様……）

身代わりでやってきた下界人を許してくれた優しい天界人。

傍にいて欲しいと言ってくれた愛しい人。

「……月天子の臥室に行きます」

「お休みになられないのですか？」

「後悔を……したくないのです……。私があの方のお傍にいられるのは……あまり長くないかもしれないと……思えてしまうので」

「月天子は、淑蘭様を后がねにお選びに……それに、陛下もそのつもりでいらっしゃるのに……？」

桃霞は格子窓の外に視線をやった。

白々とした月が浮かぶ、夜の空――。

「いいえ……月天子は、私をお許しにはならないでしょう」

「下界人だからですか？」

蘭葉の言葉には頷くしかなかった。

下界人でもあり、そして、公主でもないただの平民の娘だ。二重に重ねた嘘が今は息苦しい。

公主であろうとなかろうと、今の彼が下界人を侮蔑的な目で見ているから、自分を天界人だと言って欺くことが天帝の命とはいえ苦しかった。

「せめて湯浴みをなさってから……」

「……そうね」

湯浴みの後、蘭葉に髪を梳《す》いてもらってから鷹叡が眠る臥室に向かった。

椅子に腰掛け、何をするでもなく鷹叡を見守っていた葵殿の女官に下がるように命じ、桃霞はその椅子を臥榻の傍まで持って行って腰を落ち着かせた。

窓の外を見ると、先ほどと変わらない月がぼんやりと夜空に浮かんでいた。

月天子――月帝。白龍は風龍神と聞くのに、何故彼は火によって支配されているのだろうか。

(天帝の子息とはいえ……)

天帝は火龍神だ。今の天帝であるなら、火を放つことも可能だろうけれど。

「……天帝陛下が亡くなられたら……月天子が天帝になるのよね……でも、白龍は……風龍神で……天帝は太陽の帝だから、火龍神の加護を受けるなら……白龍は途中で火龍神になるのかしら」

「……ひとりごとにしては声が大きい上に、父帝が亡くなる話などするのは不敬罪にあたるぞ、淑蘭。気をつけよ」

紅玉の瞳をこちらに向けて彼が言った。

「月天子……お目覚めになられたのですね。あ……私が起こしてしまったのでしょうか？　申し訳ありません」

「……許さぬ。そなたは私の命令にも背きおって」

「命令？」

「休め、と言ったはずだ」

「……申し訳ありません……離れたくなかったのです……心配で、眠れなくて」

「童女か？　私の添い寝がなければ眠れぬと？」

紅玉の瞳はやはりどこか厭世的ではあったけれど、彼の澄んだ声は心地よく感じられた。

「ほら、来い」

鷹叡は衾を捲ると、自分の横に来るよう桃霞に命じる。

「そ、そ……添い寝は、その……」

「早く来い」

「……は、はい」

蠟燭の火はどうしたらいいだろうか。

眠るだけだ——そんなふうに思いながらも、臥榻の傍にある蠟燭は全て消してから、鷹叡の衾褥《ふとん》の中に潜り込んだ。

「……そなたは暗闇が恐ろしくないのか？」

ぽつりと鷹叡が言うものだから、彼は暗闇を恐ろしく感じるのかと思ってしまった。

「申し訳ありません、蠟燭の火をつけておいたほうがよかったですか？」

「いいや……まぁ、今宵は月明かりが眩しいくらいだ……これくらいが丁度いい」

格子窓からはぼんやりとした月明かりが差し込んできているが、闇を照らすほどの明るさではない。

「……もう少しだけ……お傍に寄っても……？」

「やはり怖いのか？」

感情の読めない声色ではあったが、肩を摑まれて体ごと彼に引き寄せられる。

鷹叡のぬくもりを感じて、冷たくないその体温に、眦に涙が滲んでしまう。

「泣くほど恐ろしいのは——闇か？　それとも……私、か？」

「いいえ、どちらも恐ろしくはありません。月天子がお元気になられたのが、ただ嬉しくて」

「……大袈裟《おおげさ》だな」

そんなことを言いながらも、鷹叡は桃霞の眦に浮かんだ涙を指で拭った。

「それに、そなたは思いの外、泣き虫なのだな」

（あぁ……鷹叡様）

涙を零した桃霞に小さな鷹叡が同じ言葉をかけながら、手巾を手渡してくれたことが思い出されてしまって、余計に涙が溢れた。

「そなたは……また、別の者のことを考えていたな？」

「は、半分以上は月天子のことです！」

薄暗くてよくわからなかったけれど、鷹叡が微笑んだように見えた。

形の良い、薄い唇が動いた。紅玉の切れ上がった瞳はまっすぐに桃霞を見ている。長い睫《まつげ》毛が端整な顔立ちを妖艶《ようえん》なものにしていた。

「……月天子……」

表情は相変わらず変わることはないのに、少し唇が動いただけで微笑まれたように感じられて胸が甘く疼いた。

「触れてはならない」

触れたくて堪らなくなって、指先を彼の頬に近付けたところで止められる。

「……も、申し訳ありません……」

びくりと桃霞の指先が跳ねた。『無礼者』と言われたときの記憶が蘇《よみがえ》って冷水を浴びせられたような気持ちにさせられる。

「そなたは今、私の気分を害したのだぞ？　わかっているのか」

「触れようとしたからですか？」

「そうではない。后がねと認めた相手であれば、触れることを咎めたりはせぬ。だが、そなたは半分しか私のことを考えていないとさきほど言ったな？　私はひどく立腹している」

「え？　あ、それは……」

「何故、私のことだけを考えてはくれないのか？」

「……月天子」

彼の瞳を見れば、紅玉の瞳に熱っぽさを感じた。熱を孕《はら》んだ瞳で見つめられてしまえば、全身を囚えられてしまったような錯覚に陥る。

〝后がねと認めた相手であれば〟と言った彼の言葉が何度も頭の中で響いていた。それは鷹叡が自分を后がねとして認めたという意味なのだろうか？

桃霞の瞳から溢れる涙の量が増えた。ぽろぽろと零れ落ちる桃霞の涙に無表情ながらも戸惑う様子を鷹叡が見せる。

「……そんなに泣くな」

「わ、私は……后がねでなくても、ずっと月天子のお傍にいられればそれでよかったんです。ただ、それだけが望みで……」

「だが、私は何かそなたを傷付けてしまった……？」

「いいえ、傷付くなんて――」

そんな資格すらない。

ただの下界人が彼の名を気安く呼ぶのを、許してくれたことに甘えてしまっていた。

だから今は、彼のどんな優しさも刹那《せつな》的なもののように思えてならないのだ。

胸が甘く疼いて確かに彼を欲しているいると感じられるのに、深入りしてはいけないと心の奥で警告されている気がした。

「いつからかはわからないが……ずっと……白龍の気配がひどく遠いのだ。あやつが何かに怒っているのはわかっていたが、何に対して怒っているのかがわからずにいた――おそらくは、私がそなたを傷付けてしまったのだろう……違うか？」

「……いいえ、傷付くだなんて……」

同じ返事をする。〝無礼者〟だと言われて当然のことに対して、傷付いてはならない。

ただの下界人であって、公主という位さえも偽りで――〝淑蘭〟の名は自分のものではない。どう考えてもこちら側に非があるのは明白で、鷹叡のことを思えば彼から離れなければいけないのだけれど、桃霞には守らねばならないものが多すぎた。

縁者のいない桃霞にとって、託宣に従わず自分を公主の身代わりに仕立てあげた崔国がどうなろうと、どうでもいい話のように思えるが、淑蘭に受けた恩を仇《あだ》で返す真似《まね》はできなかった。

天帝が正体を見破っているのにも拘わらず、桃霞を下界に戻さないのは、淑蘭公主よりも〝使える〟と踏んでのことだとも思えた。

だから託宣に背いたことを何も言わず、そしてわざわざ宋月快の縁戚だと偽って、月天子の后がねにしようとしているのだ。

桃霞は涙を指先でそっと拭う。

「白龍は、じきに戻ってまいります。月天子の半身なのですから……白龍も、月天子のように急な成長で疲れているだけかもしれません、湖の畔で休んでいるのかも……」

「白龍の心配をしているのではない、ということはわかっているのか？」

震える桃霞の紅唇に、鷹叡の唇が合わさってくる。

短い口付けが終わると、彼は再び桃霞を見つめてくる。

「そなたはまた、別のことを考えていたな？」

「……」

再び胸が甘く疼いた。彼の吐息にすら酔いしれてしまいそうで、熱を孕んだ紅玉の双眸で見つめられれば、これからしなければならない房事が〝天帝の命〟であることすら忘れてしまいそうだった。

「そなたは……私のものではないのか?」

桃霞は顔を両手で覆い隠し、嗚咽《おえつ》が漏れそうになるのを必死で堪えながら返事をした。

「私は……月天子のものです」

「何故顔を隠す?」

「月天子がお怒りになられるからです」

「なんだ……また、他の者のことを考えているのか?」

小さな絹花の髪飾りだけが飾られている彼女の髪を、鷹叡は撫でた。

「私は月天子のことばかり……考えております」

「私ではない〝私〟のことだな?」

「……月天子は、初めてお会いしたときから……優しくて、温かくて……生涯、お仕え……そ、添い遂げたいと思いました」

「そなたは童子が好きなのか?」

冗談を言うように彼は軽やかな声でそんなふうに告げて、顔を覆い隠していた桃霞の腕を握り、そっと外した。

「私が知らぬ〝私〟との思い出をそなたは大事にしているのだな……どうすればよい? どう優しくすればよいのだ。どうすれば、そなたは、私を好いてくれる?」

「今も、月天子が好きです」

彼の瞳は黒曜石ではなく紅玉に変わってしまったけれど、今、この瞬間は以前の彼となんら変わりないように感じられた。

「……私を受け入れられるか？」

彼の言葉が房事のことであるのにはすぐに気が付けた。

桃霞は静かに頷く。

「月天子のお望みのままに……」

「そんな言葉は望んでいない。私に抱かれたいと言え」

「お、お許しを……」

天帝には主導権を握って彼をどうにかする側になるような言われ方をされたが、いざそうなってみると、自分から何かすることは羞恥が勝ってできそうになかった。

「……羞恥に頬を染めるそなたも……悪くないな」

言葉を言い終える前に、鷹叡の指が彼女の紗の長衣を脱がす。露わになった肩に唇を滑らされて、くすぐったさと恥ずかしさとで体がふるりと震えた。

「痛かったか？」

「……い、いいえ」

桃霞は首を左右に振る。

「わ、私……は、月天子に触れられても……怪我は……しませんので」

「そうだな」

鷹叡の口の端が僅かに上がる。

微笑んだのだなと桃霞には感じられて、胸の奥が疼いた。

（嬉しい……）

こんなふうにまた微笑んでくれる日が再び訪れたことが、嬉しかった。

「泣きやまないのか？」

眦から溢れる涙を見つめながら鷹叡が聞いてくる。

「……止まらないんです。嬉しくて」

「嬉しいと泣かねばならないのか？　……困ったな。私はどうにも涙が出そうにない」

「月天子は泣かなくてもいいいんですよ」

「私が嬉しくないと思っているとでも？」

ゆっくりと着ているものを脱がされて、薄ぼんやりとした月明かりが桃霞の裸体を照らす。心もとなくなって身を縮めると、鷹叡はそんな彼女の姿を眺めつつ己が着ているものを全て脱ぎ捨てた。

「……恐ろしければ、目を閉じていればよい」

「ど……どのようにすればよいのか、ご存じなのですか？」

「知らなくとも……自然にわかってくるものだろう……そなたと、繋がりたいと思う気持ちに従っていれば……」

「……ッン」

耳元を舌でくすぐられ、その舌先がどんどん下へと降りてくる。

鎖骨を舐められ、その場所をくすぐったがると、彼は面白そうに何度も舌を這わす。

「そ、そこは……くすぐったい……です」

堪らず声を上げると、彼は唇の端を上げる。

「では、もっと下がるのがよいと？」

露わになっている桃霞の両方の乳房を鷹叡は眺めた。

「触れずにはいられなくなるほどの美しい肌だな……珠のように艶やかで」

「げ、月天子……恥ずかしい……です」

「ただ眺めているだけでも、いいような気分にさせられる」

「ぼ……房事はそういうものでは……ないと……思います」

「そうだな」

唐突に乳房を揉みしだかれ、そして興奮《こうふん》で立ち上がった淡い色をした乳首を彼の唇が吸い上げる。

「ん……っく……」

甘い快感が途端に湧いて、桃霞は息を呑んだ。

あられもない声が出てしまいそうで、唇を噛み締める。

鷹叡の舌の動きはなんとも言えず絶妙で、彼の口腔内で乳首を転がされれば、別の場所が熱くなってきてしまう。

別の場所——股の間だ。

秘めた場所の奥が疼く。

（……あぁ……）

本当に、房中術の書物など、読む必要はなかったのだと桃霞は気付かされる。

どの場所に、どうされればいいのか、体が勝手に求め始めていた。

「……淑蘭」

「……ひ……っ」

思わず声が上がる。

その場所だ——と、本能が囁いていた。彼の指が撫で、蜜が溢れている場所、そこが繋がり合うべき場所なのだ。

「あ……ぁ、そこはあまり……」

乱れた姿を鷹叡に見られたくなくてそう言うと、彼はわざとその場所ばかりを執拗《しつよう》に弄ってくる。

「あ……ぁあ……や……ぁ……」

「そなたのここは……こんなふうに濡れるのだな……」

「も……ゃ」

羞恥のあまり、いっそ消えてしまいたいと思った。

けれど、そうした時間はすぐに終わり、濡れそぼった入り口には早々に鷹叡の熱が宛てがわれた。

感覚的にはそこにあたっているだけなのに、体が大袈裟に跳ね上がる。

「あぁ……っ」

「そなたは……私を好いてくれるか?」

何かを確かめたがっているように、彼は淡々と聞いてくる。

自分の気持ちは伝えたつもりだった。ずっと傍にいたいと、好きだと……。

「わ、私は、月天子をお慕いしております……ずっと、ずっと……お傍に……いたいのです」

「ずっと……か?」

淡い酩酊《めいてい》をもたらすような甘い声色。彼の声に酔いしれそうになる。

もっと、酔わせて欲しかった。刹那的なものだとわかっているから余計に、ひどく酔ってしまいたかった。

自分が誰で、相手が誰なのか、いっそわからなくなってしまうくらいに。

「ずっとです……月天子……」

「好きだ……淑蘭」

頬に涙が伝う。

偽物の名前。嘘の立場。いったいどこに真実があるのか。

「答えがないぞ」

ぐぐっと狭隘《きょうあい》な部分に入り込んでくる長大なものに、桃霞は息を詰めた。

(あぁ……私……を……許してください)

崔国も鷹叡も、最後にはどちらも失う予感しかしなくて、桃霞は鷹叡を見つめることができなかった。

格子窓の外に浮かぶ月が、自分を責めているようにすら思えてしまう。

「淑蘭」

「ん……っ……う」

何者にも侵入されたことのない狭隘な部分に鷹叡を感じて、それが痛みなのか快楽なのかの分別もつかなくなる。

桃霞が何も答えなくても、もう彼は止める様子は見せずに、彼女の最奥《さいおう》まで自身を押し入れ貫いた。

「あ……っあ……あ、あ」

敷布を強く握りしめ、桃霞は体を弓なりに反らした。

「あぁ……すごく、いい……そなたの肌の感触も、中の感触も……その艶めかしい表情も、全てが私を虜にする」

「月天子……っ、あ……ぁ……あ」

彼の律動には痛みを覚えた。

何かと触れ合うことを知らぬ濡れ襞が、熱棒に擦り上げられ痛みを生む。けれどそれを彼に伝えるつもりはなかった。

鷹叡の好きなように、体を貪《むさぼ》って欲しかったからだ。

こうして触れ合うことは、そう何度もないだろう。

黙っていれば嘘が真になるだなんていう天帝の話を、桃霞は信じていなかった。嘘はどこまでいっても嘘のままだ。真実にはなりはしない。

自分が本物の淑蘭になることも、宋月快の縁戚の天界人になることも、ありえないのだ。

(ごめんなさい……鷹叡様……私、あなたにだけは嘘を……つきたくなかった)

彼が桃霞の中で果てるまで、彼女は稚い姿の鷹叡を心に映し、謝罪し続けた。

熱いものを中で吐き出した後、鷹叡は深々と息を吐くと、桃霞を見つめてくる。

「また……他の者のことを……考えていたな?」

繋がったまま彼は問いかけてきた。

「……いいえ、月天子のことだけを、考えておりました」

「そうか?」

「はい」

腕を伸ばすと彼が抱きしめてくれる。結ばれた体は離れることなく繋がり続けていた。

(……中に……まだ、鷹叡様が……)

嵐のような時間が過ぎ去ると、今度は安堵で満たされた。

甘えるように彼の胸に顔をうずめると、鷹叡が後頭部を撫でてくる。

「……月天子……」

「そなたは、可愛いな」

彼の褒め言葉に頬が染まる。だけど今はこうしていたかった。鷹叡を抱きしめる側だった自分が、抱きしめられる側になって包まれている。それが幸せだと思ってしまっていた。

「……ずっと……ずっと……抱きしめられていたいです」

「あぁ、私も、そなたをずっと抱きしめていたい——まだ、耐えられそうか?」

「え?」

ふっと桃霞が顔を上げると、彼は苦笑する。

「私は、まだ抱きたい」

「あ、あの……それは……房事を続けたい、という……意味でしょうか？」

「あぁそうだ」

「……そうですか……あ、あの……大丈夫です……おそらくは」

「……耐えられなくなったら、すぐにそう言うのだぞ？」

「……ひ、ゃ……あ……ぁ」

彼は行為を再開させた——同じ行為を再び始めただけなのに、何故か桃霞の感じ方が変わってしまったように思えた。

罪悪感が薄れたわけではないのに、内側を鷹叡の体で擦られる生々しい感触を強く覚えてしまって、あられもない声が上がる。

「……痛いのか？」

「さ、さきほどまでは……」

破瓜《はか》の痛みは存分に味わった。

今も、痛みがまったくないわけではないのに、痛みが薄れたことで別の感覚を知り、翻《ほん》弄《ろう》されていた。

「我慢はしていないか？」

「我慢は……しておりません」

「そうか」

鷹叡が桃霞の紅唇《こうしん》に口付ける。触れるだけの口付けを何度も繰り返し、桃霞が彼の唇の柔らかさに酔い始めた頃、鷹叡は体の動きを激しくさせた。

「ん……っ、ん」

なんだかわからない感覚に翻弄される。

彼の肉棒が襞を擦り、最奥を突き上げてくる感覚が、ただ痛いだけというふうには感じられなくなっていた。

「あ……あぁ……月天子……っ、ン」

腹の奥が熱い。ある場所を擦られると愉悦が湧いて体がひくひくと震えてしまう。

(これ……何?)

溺れてはいけないと思うのに、溺れてしまいそうになる快楽。

鷹叡がしなやかな体をくねらせるたびに湧き上がる快感に、桃霞は我慢しきれず甘い声が出てしまう。

「あ……、あぁ……あ、ゃ……」

「……淑蘭? どうした、痛いか?」

心配そうに覗き込んでくる紅玉の瞳と目が合えば、余計に腹の中が熱くなった。そして、鷹叡が気遣ってくれているのが嬉しくて涙が滲んでしまう。

「……すまない、どうやら調子に乗りすぎてしまったようだ——今夜は、もう……」

体を離そうとする彼を桃霞は強く抱きしめた。

「……大丈夫、です」

「だが……」

「私は、まだ……こうしていたいです」

自分の体の変化には大いに戸惑ってはいたが、桃霞は彼の腕で抱きしめられていたかった。

「……動いても、平気か？」

「はい……できれば、ゆっくり……動いていただきたいです」

「ん……わかった」

彼は桃霞に言われたとおりに、ゆっくりと腰を動かし始める。

「ん……うぅ……っ」

下半身が熱い。もう我を忘れて腰を振りたくなる衝動を抑えるので必死だった。

美しくて逞《たくま》しい鷹叡の体を貪りたいと思い始めている自分を、払拭したかった。

（こんなの、駄目――）

貪られるのは自分のほうでなければならない。

自分が彼を欲してはならない。ましてや貪りたいなどと思ってはならないのだ。それでも、鷹叡の肉棒で奥深い場所を突き上げられると、欲求は膨らんでいく。

己の浅ましさを恨めしく思う。

肉体の快楽に酔ってしまう己の弱さに失望する。

けれど、鷹叡の体で抱きしめられて、繋がり合っている事実を前に保ち続けられない悦びや快楽に溺れ、桃霞は体の奥で何かが弾ける感覚を知った。

「ん……っ、あ……はぁ……ン」

びくびくと体が震えた。そんな彼女の様子を見て鷹叡は満足そうに口付けてきた。

「淑蘭……もう一度……出すぞ」

「は……い」

射精のために腰の動きを速める彼にも翻弄された。

「あっ……あ、あぁ」

「……く……ぁ……」

鷹叡が低く呻いて、腰を突き上げた。

その衝撃で桃霞は、目の前でパチパチと火花が散ったかのような、そんな絶頂を感じてしまった。

# 第四章　刹那的な思い

池の畔に建てられた四阿の椅子に腰掛け、鷹叡は池に咲く睡蓮の花々を見ながらぼんやりとしていた。

（なんだろうか……胸が苦しい）

仙人の儀で飲んだ忘却の仙桃酒で忘れさせられている記憶《もの》に対して、思い出せない苛立ちと、思い出せないのに淑蘭がそれをとても大事にしていることが、腹立たしくもあってか焦燥感にかられてしまう。

だが、忘れさせられているのは仙人の儀以前のことだけではないと、鷹叡は感じていた。

白龍が何かに怒って鷹叡の傍にいないのは、淑蘭が関係していると思えた。

——今朝のこと。

臥榻に彼女の姿がなくて慌てて捜し回ってみれば、この四阿から、池の畔にいる白龍に向かって話しかけていた。

鱗が一枚取れてしまって、龍の神力に影響はないのか？　と、いったようなことを白龍に聞いていた。

鷹叡は鱗が取れてしまったときのことを覚えていない。

鱗の形がしっかりとしたものに形成されるのは、成人してからだ。

つまり、仙人の儀が終わり成人してからも、自分は何かを忘れさせられていると思えた。

（白龍は淑蘭に心を許している）

彼女が白龍の頭を撫でていて、白龍はそれを喜んでいた。

龍神相手にまるで彼女は母親のように見えて、鷹叡は〝寂しい〟と感じてしまった。白龍は己の半身であるのだから、その白龍を淑蘭が愛おしんでくれるのを喜ぶべきであるのに、心に穴があいたような気持ちにさせられてしまったのだ。

それが何故なのかわからない。

（母……）

仙人の儀で父帝もその后である母の姿も見ているはずなのに、覚えていない。

玉麗皇后は天帝の寵愛を受ける、唯一の天界人だ。

他に側室を持つことができるのにも拘わらず、天帝の后はひとりだけだった。

下界人のように寿命が驚くほど短くはないので、他に后を持たなくても、必要とあればまた子を産めばいい――。だから、天帝に后がひとりであっても、周りが騒がしく物言うこともないのだろう。

たった百年も生きられない下界人は、己が生まれて成すべきことを果たして冥界へ行くことができるのだろうか？　成すべきことが見つけられない鷹叡にとって、謎だった。

次の天帝となるのは自分だが、それはまだ数千年以上も先の話で、今、この瞬間、何をしていればいいのかわからない。

溜息をついてから、視線を睡蓮の花が咲く池から手元の巻子へやり、紐を解いた。

巻子を広げ、下界人のことが書かれた書物を読もうとするが、なんとなく読めそうで読めず、苛立った。

「月天子、こちらにいらしたのですね」

鈴を転がしたような美しい声音が響いた。

声の主を見ると、愛らしい少女が立っている。薄桃色の布に燕子花《かきつばた》の刺繍がされた長衣を着ている彼女の立ち姿は、天香国色《てんこうこくしょく》だ。

美しい彼女の姿を他の誰にも見られないよう、自分だけの花瓶《かびん》に活けておきたくなる。

そんな深い執着なのか狂気的な何かなのかわからないような感情が、胸をよぎる。

――だが、幸いにもここは離宮で余計な者の目がないから、鷹叡が何か手をくだす必要はなかった。

何故自分が仙人の儀を終えて后がねを持ちながらも、宮殿を与えられずにいるのかはわからなかったが。

(別に……正殿ではなくても、住むのはどこだっていい)

彼女がいるのなら。

ゆっくりと四阿の中に足を踏み入れてきた淑蘭は、鷹叡が持っている巻子を見るなり顔色がさっと変わった。

「あ、朝餉の時間には遅く、昼餉の時間には少々早かったので……白茶とお菓子をお持ちしたのですが……」

淑蘭の側仕えの蘭葉が盆を持ち、そこには椿《つばき》の柄の三段重と茶器が一揃い載っている。

「ちょうど小腹が空いたところだった。もらおう」

「は、はい」

「淑蘭は、こっちに」

鷹叡が手を伸ばすと淑蘭はそっと彼の手の上に自分の手を乗せ、優雅な身のこなしで鷹叡の隣に座った。

「……あの……下界人に……ご興味が?」

「興味、か。そうだな……なんとなく……知りたくなった」

「……字をお読みになることができるのですか?」

「……いいや」

鷹叡の頭の中はまっさらではなかった。

生活する上で必要なことは覚えている。全部忘れて赤子のようになってしまわない忘却の仙桃は、不思議な果実だと彼には思えていた。

「……読めそうで、読めない」

と、いうことは忘却の仙桃酒を飲む前は、読めていたのではないかと思える。

「そなたは、私が童子の姿であった頃を知っているのだろう？」

「……は、い」

百花王の花びらのような紅唇が震え、彼女は何かに怯えるように俯いてしまっている。

淡雪のような白い肌がいっそう白くなっていて、青ざめていた。

彼女は何かを聞かれたくないと思っている？

(うっかりそれを聞いてしまえば、この池に身投げでもしそうな雰囲気だな)

巻子を元通りに巻いて紐でくくり、彼女の視界から遠ざけるよう、鷹叡は自分の横にそれを置いた。

「菓子は何を？」

話題を変えるために聞くと、蘭葉が三段の重を開けてそれぞれ置いた。

そうしている合間に、淑蘭が中身の説明をする。

「干し柿と、環餅、沙果の果醤《ジャム》が入った酥餅をご用意させていただきました」

「ほう、沙果の果醤の酥餅か……美味しそうだな」

「喜んでいただけたようで、とても嬉しいです」

淑蘭の不安げな表情が一転して、口元が綻ぶ。

「そなたも一緒に、食べるのだろう？」

「よろしいのですか？」

「あたりまえだ」

鷹叡は、蘭葉が淹れた白茶を一口飲んでから、酥餅に手を伸ばす。

淑蘭も白茶を飲んだ後、干し柿を食べていた。

干し柿を食べる小さな口元さえ、愛らしく思えてしまう。彼女を美しい女性《ひと》だと感じるが、鷹叡が強く惹かれてしまう部分は、そういったところだけではないように思えていた。

鷹叡が眠り続けているとき、心配だからと、ずっと臥榻の傍にいてくれた。

目が覚めるたび、彼女の姿があったおかげで鷹叡は安心して眠ることができた。

(手の届く場所に、淑蘭はいるというのに……)

后がねとしての彼女と枕を交わした。もう他の女はいらない。淑蘭だけが欲しいと思っているのに、心に穴があいている感じがするのは何故なのだろう？

(……なんだろう……)

自分の心はずっと〝こう〟であるような気がしていた。

穴のあいている部分から感情が流れでてしまって、まるで人形みたいだと思ってしまう。けれど、感情を持ち続けていれば、守れないものがあるようでもあった。

心を壊さないために、感情をなくしてしまわなければ——？

「……お口に合いませんでしたか？」

酥餅を一口食べた後、ぼんやりとしてしまっていた鷹叡を気遣うように淑蘭が声をかけてくる。

「い、いいや、とても、美味しい」

「鷹叡様、口元に果醤が……」

微笑ましげに淑蘭が笑ってから手巾で拭おうと手を伸ばしてくるが、途中でやめる。

彼女が何かに遠慮をしているのはわかるが、もっと傍に来て欲しかった。寄り添って欲しかった。

心が遠く感じられて不快な気持ちよりも、不安な思いのほうが大きく膨らむ。

自分は彼女を欲してやまないのに、彼女は違うように思えてならない。

「遠慮はするな。拭ってくれ。果醤がついた月天子だと、私を笑い者にしたいのなら別だが」

「そんなこと思っていません！」

淑蘭は少し怒ったような顔をしながらも、手巾でそっと口元を拭ってくれる。

「何故、怒った？」

「主を笑い者にしようなどと、思うことなどけしてないのに、月天子が仰るからです」

「そなたは夫のことを〝主〟と呼ぶのか？」

彼女の黒く輝く大きな瞳を覗き込むと、恥じらうように頬を赤らめて俯いた。

手巾を持つ手がそわそわと落ち着かない様子だった。

――彼女は、自分を嫌ってはいない。むしろ、好意を抱いてくれていると感じられる。

それなのに、近付こうとすると離れてしまうからもどかしいのだ。

「……見事な、鶴の柄だな」

淑蘭が持っている手巾には鶴の刺繍がされている。彼女が縫ったものなのかと思ったが
そうではなかった。

「これは……月天子が……」

「また〝童子の月天子〟か」

ふうっと溜息をつくと、淑蘭は俯いた。

「……お借りしたものですので……お返ししなければと思っていたのですが……洗ってから、お返ししますね」

「持っておきたいのだろう？　そのままそなたが持っておけばいい」

「よいのですか?」

「手巾の一枚や二枚で、どうこう言わぬ」

「……ありがとうございます」

何故か涙を零す淑蘭に、鷹叡は戸惑うばかりだった。

「何故、泣く?」

「月天子が、お優しいので」

「優しい?　手巾一枚のことで?」

その感覚は鷹叡にはまったく不可解なものだったが、手巾一枚を下賜するだけで、泣くほど嬉しいと思うのなら、何枚でも贈ってやろう。と彼は思った。

「蘭葉、手巾を用意しろ。美しい刺繍がされたものをだ。百花王や睡蓮、麗春花《ひなげし》……とにかく、淑蘭が持つのに相応しい美しい花の刺繍のものを」

「な、何枚ほど……?」

「たくさんだ」

「かしこまりました」

蘭葉は拱手して、四阿から離れていった。

「……手巾はそんなにはいりません……月天子」

「そなたはよく泣くから、必要だ」

断定的な物言いをすると、淑蘭が笑った。

「すみません……泣きたいわけではないのですが」

ふっと真顔になって、淑蘭は鷹叡を見上げる。

「……私には宝物がいくつかございます」

「ん？　そうか」

「見ていただけますか」

「ああ、いいだろう」

彼女は腰から下げていた布袋から、小さな赤い袋と紙を取り出した。

小さく畳んである紙を広げると、何やら書かれているが鷹叡には読めない。ただ、月天子の印が捺されていることには気付けた。

「そこにはなんと書かれているのだ？」

「〝私〟が白龍の背中に乗ることを許すと、書かれています」

「誰がそれを書いたのだ？」

「月天子です」

「……私は字が書けたのか」

「読むこともおできになられましたよ」

「なるほど、そうか」

だからやはり、巻子に書かれている文字が読めそうで読めないのかと、鷹叡は思っていた。

「約束をした証にと……仙人の儀が行われる前に、書いてくださいました」

「そんなものがなくとも、白龍はそなたを背に乗せるであろう?」

「……そうかもしれませんね」

「そっちはなんだ?」

鷹叡に促され、淑蘭は金色の刺繍が施されている小さな赤い袋から、銀色の鱗を一枚取り出す。

「あぁ……それは白龍の鱗だな?」

早朝の出来事を思い出していた。

彼女はこの四阿で白龍に鱗の話をしていた。取れてしまった鱗というものは目の前にある鱗のことだろう。

「はい。白龍を撫でていたら取れてしまったので……月天子が龍の加護があるからと、そのまま私が持つことをお許しになりました」

「そうか……覚えてはおらぬが、取り上げる気はないから安心せよ」

「そのときのことを……月天子は、思い出せそうにもないですか?」

「ああ、まったく……思い出す必要のあることか?」

「いいえ」

淑蘭は何故かほっとしたように、息を吐いた。

「私は仙人の儀の後にも、記憶を失わされているのか？」

「……あ、の……」

彼女には触れられたくない部分があるように感じられた。

そしてそれは、けして触れてはならない、龍の逆鱗のように——。

「……そなたには、触れられたくない部分があるのだな？」

淑蘭の小さな肩がぴくりと跳ねる。

だが、隠そうとはせずに頷いた。

「はい……おそれながら……」

「……触れないほうがいいのか？　そのほうが、そなたは楽なのか？」

彼女が隠そうとしているものが何なのかがわからなかったが、触れさせない部分を持ち続けるということは、大変な負担がかかると鷹叡には感じられた。

「それに対してのお答えは……今は、難しいです」

淑蘭はほっそりとした指先で丁寧《ていねい》に紙を畳み直して、龍の鱗と共に腰の袋へ戻した。

暴くべきなのかどうなのか、判断に迷ってしまう。

自分は今、淑蘭にふたつ試されたと思えた。

仙人の儀が行われる以前のことは本当に思い出せないのか。それと仙人の儀が行われた後のことを思い出したりしないのか――。

淑蘭にとって、紙に書かれている内容はともかく、それを書くまでに至った経緯は大事な思い出で、〝思い出して欲しいもの〟であるように感じられた。逆に鱗に関しては、〝思い出して欲しくないもの〟が含まれているように感じられた。

どちらのことも、鷹叡には思い出せない。忘れてしまったという類のものではなく、強い力で忘れさせられたものであったから、もうその記憶は取り戻せない。

風がそよぎ、淑蘭の艶やかな髪が揺れた。

「……淑蘭、今の私は……そなたを……傷付けてはいないか？」

「はい、月天子」

彼女は美しい笑顔をこちらに向けた。

「そうか……よかった……」

ふいに気配を感じて、四阿から空を見上げると白龍が舞うように飛んでいた。

「……白龍……」

「白龍も元気になったみたいですね」

そんなことを淑蘭が言いながら空を眺めていたが、そうではないと鷹叡は感じていた。

（白龍は、半身である私の愚かさを許したのだ……）

空を飛ぶ白龍の赤い瞳が、それを物語るように鷹叡をじっと見つめていた。

＊＊　＊＊　＊＊

桃霞は硯《すずり》で墨をすりながら、考え事をしていた。

今の鷹叡は、仙人の儀以前の彼のように温かくて優しい。淡々として表情に乏《とぼ》しく、厭世的な感じは忘却の仙桃の茶を飲む前と変わってはいないが、紅玉のように美しい瞳が侮蔑的に桃霞を見ることはない。

（今の鷹叡様は……以前の鷹叡様と同じみたいだわ……）

でも、それは桃霞を天界人と思っているからだと考えれば、胸が苦しくなる。

『……そなたには、触れられたくない部分があるのだな？』

彼の問いに、洗いざらい真実を述べてしまいたかった。

自分は宋月快の縁戚ではない。そして崔国の淑蘭公主でもない。けれど、言ってどうなるのだろう？

（私は……いったい〝誰〟なの）

今となっては、香桃霞という人間は、失われるべき存在だった。

多くを望んではいけない。自分はもう、宋月快の縁戚の娘――宋淑蘭なのだ。

(偽り続けることで……ずっと鷹叡様のお傍にいられるのなら……それでもいい……)

だけど、桃霞は不安だった。

彼は全てを忘れていて、そしてけしてそれらの記憶は取り戻せない。

(記憶がずっとないのならいいけれど……)

以前の鷹叡が最初から自分の正体を〝知っていた〟ことが気がかりだった。今の彼は知る方法を忘れているだけで、何かのきっかけで桃霞の正体を知る方法を、思い出せなくても知ってしまったらどうなるのだろう?

鷹叡は〝真実〟を知る方法を知っていて、その力がある。

父である天帝はどうもそのことに気付いていない様子であるから、嘘もつき通せば真となるなどと言えるのだ。

(陛下は鷹叡様のところにはまったくお渡りにならず、離宮に閉じ込めていたわ……それでどうして、鷹叡様のことがわかるというの)

人間に育てさせておきながら、まるで全てを知っているように振る舞うなんて。

(神様相手に怒っても仕方ないわね)

筆を手に取り、白い紙に千字文を書き写す。

千字文は手習いの入門的なものであるから、今更桃霞が使う必要もなかったが、何かを臨書するよりは、今はこのほうが気も紛れてよかった。

──でも、どうして、あの鷹叡が下界人を蔑むようになってしまったのだろう？　人間の乳母に育てられた恩を忘れてしまえば、下界人のことなどただ汚らわしく感じてしまうものなのだろうか。

下界人は天界人を崇めるから、天界人は下界人を見下すのだろうか？

（本当の彼は、何を、どんなふうに考えているの……）

最後に〝鷹叡〟と愛しい人の名前を書いて、筆を置いた。

「これまではずっと四文字であったのに、最後だけ二文字なのはなにゆえか？」

背後から涼しい声が聞こえて、桃霞の肩が跳ね上がった。

驚きを隠せぬまま振り返ると、そこには鷹叡が立っていた。

「げ、月天子……ど、どうして、こちらに」

桃霞の言葉に鷹叡は首を傾げる。

月帝の冠の飾りがしゃらんと綺麗な音を立てた。

「夫が妻の房室に来て何が悪い？　それに、突然来たわけではない。予《あらかじ》め、行くと伝えてあったはずだ」

桃霞が蘭葉をちらりと見ると、蘭葉はこくこくと何度も頷いていた。

どうやら、桃霞が考え事に夢中になっていて、蘭葉の話を聞いていなかったようだった。

「し、失礼しました……そ、その……お、お茶を」

卓子を見ると既に茶器は揃えられ、お茶菓子もきちんと用意されていた。沙果も置いてある。

「……最後の文字は……なんと読むのだ？」

「申し訳ありません……ご無礼を……」

『無礼者』

冷たい彼の声が脳裏に蘇る。

桃霞が椅子に座ったまま、怯えて体を震わせていると、鷹叡は身を屈めて彼女の肩に背後からちょこんと顎を乗せた。

典雅な彼の香りがふわりと鼻孔をくすぐる。

「その文字は知っている。今日、手習いで覚えたばかりだ〝ようえい〟私の名だろう？」

「す、すみません……」

「何故、謝る？　妻が夫の名を書いて、咎める者などいるのか？　それとも、私は――そのことでそなたにひどい仕打ちでもしたか」

淡々と語る彼だったが、以前のような冷たさは微塵も感じられなかった。

桃霞を気遣ってくれているのがわかる。

「どうしてそなたが、后がねだとははっきり言うのに、枕を交わした後も月天子と呼ぶのかが……ずっと不思議だった。私の名前を知らぬわけでもあるまいしと。そうか、私は名前ひとつのことで、そなたを傷付けたのだな？　だから、白龍が怒り、私の傍から離れた──と、いうわけか」

「い、いいえ……わ、私……は」

鷹叡の顎が桃霞の肩からゆっくりと離れ、椅子に座っている彼女の視線よりも低い位置に彼の冠が目に入った。

「許せ、淑蘭よ」

桃霞の前で彼が片膝をついてしゃがんでいた。

「お、お立ちください、月天子。私のような者に跪《ひざまず》いてはなりません」

桃霞は慌てて椅子から立ち上がり、鷹叡にひれ伏そうとした瞬間、卓子に頭をぶつけて置いてあった硯がその振動で彼女の肩の上に落ちてきた。

「……っ」

ごとん、と硯が床に転がる音がして、桃霞の体は墨に塗《まみ》れた。

「淑蘭、大丈夫か？」

鷹叡が声をかけてきたが、桃霞は床に頭を付けそのまま動こうとしなかった。

「お立ちくださいませ、月天子」

「私が立たねば、そなたはそのままか？」

「さようでございます」

「私たちは夫婦であるのに、同じ高さにいてはならぬのか」

「……なりません」

「ふぅん、そうか」

鷹叡はそう言うと、墨の海ができている床の上にためらいもなしに寝転んだ。片肘をついて、床に頭をつけたままの桃霞の横顔をしげしげと見つめている。

「お、お召し物が……汚れ、ますが」

「百花王の如く美しい妻が墨だらけになっている愉快な状況を、見過ごすのはもったいないからな」

「な、何を仰っているんですか」

「そなたが立たねば、私はずっとこのままでいるぞ、いいのか？　女官たちが見ている前で床に寝転ぶ月天子の姿を、そなたはどう思う？」

「わ、童子ですか……」

桃霞は顔を上げて、それでも立ち上がる気力が今はなくて、床に座り込んだまま頭をおさえた。

「大丈夫か？　けっこう派手に頭をぶつけていたぞ」

「……少し目眩《めまい》が……」

「手をどけよ」

桃霞がおさえていた場所を、彼の手が触れてくる。

「こぶができている。そなたは、少々落ち着きにかけるところがあるな」

彼は肩にも触れてきた。

「月天子が跪くからです……あんなこと、もうなさらないでください」

「……私には謝罪する機会すら、与えてはもらえないのか？」

「月天子が謝らなければならないことは、何もありません」

「そうであればいいのだが、そなたは時々嘘をつくからな」

「……う、嘘は……」

時々ではない。もう、この身全てが嘘で塗り固められている。

真っ黒な墨で塗りつぶされたように、自分が自分ではなくなっているのだ。

「まだ、痛むか？」

「え？　あ……」

ずきずきしていた頭や肩の痛みがなくなっていた。

彼は治癒能力を取り戻していたのだ。

「もう、大丈夫です……ありがとうございます」

「そうか、ならよい。それでは、墨で汚れてしまったから、風呂に入るとしようか」

「それでは、お召し物の用意をいたします」

「……わかっているとは思うが、そなたも入るのだぞ」

「はい、月天子のお召し物の準備が終わりましたら、後で入らせていただきます」

「それは蘭葉に任せよ」

「え？　え？？」

腕をぐいと掴まれて、桃霞は風呂場に連れ込まれ、鷹叡によって着ているものを脱がされると、花びらが浮かぶ湯船《ゆぶね》の中に放り込まれた。

ばしゃんと派手な音がして、突然のことに湯を飲んでしまい咳き込みながら、桃霞は湯から顔を出した。

「ひ、ひどいです！」

「そなたが、おとなしく言うことを聞かぬからこうなるのだぞ」

鷹叡もゆっくりと湯船に身を沈め、唇の端を僅かに上げた。

「もしかして、面白がっていますか？」

「ああ、愉快な気持ちだな」

「……そうですか」

鷹叡は、ふっと溜息なのか笑みを漏らしたのかわからない様子で天を仰いだ。

「もともと、長い間、何かを望む気持ちなど持てずにいた――ような気がするのだが」

「え？　あ……の」

乱れた桃霞の黒髪を指で梳きながら、鷹叡は寂寞《せきばく》とした表情を見せていた。

「そなたがいれば、他には何もいらない」

「月天子……」

胸が痛い。彼に望まれて嬉しいと思うのに、騙しているせいで心が切り裂かれるような思いもする。

「逆にそなたがいなければ望むものは、何もないのだ」

「……わ、私は……い、いつでも、お傍に……」

「同じ気持ちになってはくれないのか？　私も、望まれたいのだ――そなたに」

鷹叡の言葉に胸の奥が疼いた。

（鷹叡様と……同じ、お気持ち？）

「私はそなたの〝主〟にはなりたくはない。そなたと夫婦になりたいのだ……もっと、ちゃんと触れ合いたい。抱きしめ合いたい」

「……私も、抱きしめたいとは思っております」

「それは哀れみの感情か？」

鷹叡は湯船に浮かんだ花びらを一枚掬《すく》う。すると赤い花びらに火がつき、彼の手の中で燃えてなくなった。

「もうすっかり……お力がお戻りになられたご様子ですね……」

最近、火傷がどうのといった騒ぎが起こっていなかったので、桃霞は彼の力が弱まってしまったのかと思っていたから、ほっとする。

そんな彼女を、鷹叡は不思議そうに見つめた。

「そなたは、私が恐ろしくはないのか？　時々、怯えた表情をするのは……この力のせいもあるのかと思っていたのだが」

「私には実害が……」

そこで桃霞はふっと視線をそらしてしまう。

自分に彼の力が影響しないのは、ただの人間だからだ。

「な、ないので……怖くはありません」

「では何を恐れている？」

「あ、あの……」

俯いたまま、答えを探した。彼に対して恐れているものはなんだろうか？

童子の姿をしていた鷹叡に、下界に戻るきっかけを与えてもらいながら帰らなかった自分。

帰る場所がないから傍にいさせてくれと願った気持ちは、半分は本当で、半分は嘘だ。

帰るところがあろうがなかろうが、桃霞は鷹叡の傍に居続けたかったのだ。

それは彼が月天子という立場だったからではない。そして、ひとりきりでいる彼を哀れんだわけではない。ただ、何もない自分に優しくしてくれて、大きな嘘を責めることなく許してくれた。

鷹叡が桃霞に向ける思いとて〝恋情〟などではなかったと思えたが、彼は傍にいて欲しいと望んでくれた――のに。

（あぁ……そうだ……）

自分は捨てられたくないのだ。

彼にいらないと言われるのが恐ろしいのだと桃霞は思う。

いったい何があって、鷹叡があのように変わってしまったのかがわからなかったけれど、突然下界人を蔑むようになり、自分を突き放した。

今の彼もそういった部分が残っているかもしれないと思ってしまうから、全てを捧げて鷹叡を愛おしむことができないのだ。

（鷹叡様は私を忘れても……腕輪の意味は忘れないと仰ってくださったのに）

「……傷が、痛むのか？」

ややあってから、鷹叡がぽつりとそんなことを言った。

「え？　あ、いいえ……月天子が治してくださったので、頭も肩も痛みません」

「そうではなく、心の傷だ」

物憂げな紅玉の双眸がじっと桃霞を見つめていた。潤み始めていた彼女の眦を鷹叡がそっと撫でる。

「そなたの心の傷も……私が治せればよかったのに……月天子とは名ばかりで役に立たないものだな」

「私は、だ、大丈夫……です」

「だが……私を許せないのだろう?」

「許せないというお話ではありません……」

眦を拭う彼の指が優しくて、涙が溢れてしまう。

この人が、ずっとずっと、優しければいいのにと、願ってしまうから心が痛む。

「私には受けるべき罰があるから……」

「そなたが受けるべき罰があるというなら、私がそれを代わりに受けよう」

「――何を、仰るのですか」

「罰があるから私を愛せないというのであれば、その罰は私が全て引き受けると言っているだけだ」

おそらくは、以前の鷹叡とは違い、何もわからないままそう言っていると桃霞には思えたが、彼の気持ちが温かくて、涙の量が増えてしまう。

「優しく……なさらないでください」

「妻であるそなた以外には、優しくするつもりはない」

「……そ、うではないです」

気持ちが引っ張られてしまう。

傍にいたいという気持ちが色を変えて、強い力で彼のもとへと引き寄せられる。彼の妻を名乗る資格はないというのに、腕が伸びて鷹叡の体を抱きしめてしまった。

彼の腕が桃霞の体を抱きしめ返す。

「そなたが辛いと思う気持ちは、全て排除してやりたいと、思っているよ？」

「あなたがずっと傍にいてくださるという言葉が真実であるなら、何も辛いことなどございません」

「……そうか」

唇が触れ合う。

最初は短く、ただ触れ合わせるだけのもので、その後は貪るような口付けを交わした。

（今だけは……鷹叡様は、私を見てくださる）

そう思ってしまうと刹那的な感情で胸が切なくなった。

「また、そなたはそんな顔をする」

彼は自分の手のひらで桃霞の両頬を包み込むようにして触れてくる。

「最初の夜もそうであった……これが最後だという顔をして、抱かれようとした」

「……それは……」

「終わりなどない……最後の日などやってこない」

「……」

ふいに体を反転させられ、桃霞は鷹叡に背中を向ける格好になった。

「天界の時間は緩慢に流れ、飽き飽きするものだ――何千年と続いていく時間の流れはさぞ、退屈であろうな」

「……そ、そうです……ね」

「毎日毎日、無能な者に字を書かされ、覚えさせられているが、効率が悪い。私は早く字を覚え、読みたいのに、あの者は無駄話が多すぎるのだ」

「あ……あ……そうなのですね……」

「あの者たちの下界人に対しての偏見や悪口も聞き飽きた」

下界人。の言葉に思わず体が反応してしまいそうになって、桃霞は息を凝らす。

「他者を見下す者に教えを請わねばならぬのは、苦痛で堪らぬ」

「そ、そうですか……」

「そなたは、天界に来た下界人がどれほど生きられるか知っているか？」

「いいえ……存じ上げません」

そういえばそういった話すら、聞かされていなかったと桃霞は思い出した。

何も聞かされぬまま、身代わりとして鷹叡の側仕えとなった。

そして鷹叡もあれこれと話さなかった。

「天界に来たものは、天界人と同じくらいの寿命を持たされる。緩慢とした時の流れに、同じように流されていくのだ」

「そ、そうなんですね」

「……淑蘭」

「は、はい」

「今宵の夕餉より、そなたには毒見役をつけよう」

「――必要ですか？」

探るように彼に聞く。

天界人にはそれが必要なのだろうか？　鷹叡は以前、なんと言っていただろう？

『神人に毒など効かぬ』

（神――と天界人は別、なのよね……天帝の血筋だけが龍神で……だから天界人には毒が効くの？）

「必要だろう……そなたは私の后なのだから。万が一のことがあっては困る」

「ですが……私のように下位の者に、毒見役をつけるだなんて……引き受ける方が気の毒です」

「では、その役割、私がやろう」

彼は以前と同じことを言い出す。

「朝餉、昼餉、夕餉はもちろん、茶の時間も私と共にするように」

「ですが……月天子は、今は、ご多忙で」

「字はそなたに習うことにする」

「え？」

振り返ると、鷹叡は美しい薄桃色の唇を僅かに上げる。

「そのほうが楽しそうだ。そなたとも、ずっと一緒にいられる」

「お、おそれながら、月天子たるもの、きちんとした方に教わるべきだと思います」

「脱線が多くていい加減不愉快だ。あの者たちは私に手習いをさせる気がない」

「……それは」

下界人を悪く言い、彼から下界人を遠ざけようとしているように感じられた。

都合が良くて勝手だと、怒りに似た感情がふつふつと胸に湧き上がる。

自分たちは怪我をしたくないから、下界から月天子である鷹叡の世話をさせる人間を呼んでおきながら、いざ、その必要がなくなれば排除しようとするのか——と。

けれども。

ふっと桃霞は溜息をついた。

側仕えと后がねでは、役割が違いすぎた。

天帝は許しているようだが、鷹叡の子となれば未来の天帝となるのだから、下界人の血が混ざることを彼らは許せないのだろう。

童子の姿の鷹叡が選んだ后がねが下界の娘とあっては、高位の者たちが黙っていられず、祝宴の席で早々に鷹叡に下界人のことを悪く言い、悪い印象を植えつけたのだろうか？　そして〝生まれ変わった〟ばかりの彼はそれらの言葉を鵜呑《うの》みにした——？

もしかしたら、そういったことすら稚い童子の姿の月天子は予測していたのかもしれない。

大人になった自分が何を言うかわからないと、彼は言っていて、朱葉のことに関しても、彼は自分が感謝の気持ちを伝えられるうちに下界に戻したかったと言っていた。

「淑蘭」

「は、はい」

「そなたは、また……私以外の者のことを考えているな？」

「月天子に関わることです」

「言い逃れがうまくなってきたな」

背後から抱きすくめられて、その心地よい肌の感触に桃霞は淡い酩酊をもたらされるような感覚に陥っていた。

「……率直に、月天子は下界人のことをどうお考えですか？」

「……天地神明《てんちしんめい》という言葉をそなたは知っているか？」

「天地神明……」

「天の神人が私であるならば、地にも神人はいる。住む世界が違うというだけで天界人と下界人は変わらぬものと思っている。ましてや、下界人が天界に上がってくればその寿命の長ささえも同じになるのだから、分け隔てて考えるほうがおかしいのではないのかな」

「さようでございますね」

「……長い時間を緩慢に生きることが、それほどまでに尊いものか。なすべきことがわからぬまま、生かされ続けなければならない——それは、素晴らしいことなのか？　私にはわかりかねる。そなたは……どうなのだ」

急にこちらに話を振られて桃霞は戸惑ったが、思ったまま答えた。

「私は……自分の天命が如何《いか》なるものなのかと考えたことがございません。あるのはただ……主のために生きるのみで……」

「自分のための命ではないと？」

「……天界のため、陛下のため、月天子のため……そのためにある生命だと思っております」

崔国、今上帝、淑蘭公主……それらを言い換えて桃霞は鷹叡に告げる。

自分のこの身は国のため、そして公主である淑蘭のためだけにあるものだ。己のことを顧みてはならないのだ。

「自分の幸せを考えたことはないのか？」

「私は――」

喉の奥が熱くなる。

幸せなど考えてはいけない。いや、幸せだったのだ。淑蘭が微笑んでくれていれば自分は満たされていた。彼女の優しさが生きがいだった。

「幸せ、です」

淑蘭を思えば胸が痛んでしまう。彼女が今どうしているかをふと考えてしまった。

「……そなた……」

「す、すみません、すみません」

鷹叡の低い声が耳の後ろで響いて慌てて謝罪した。

「謝るということは、私以外の者のことを考えていた……と、認めるわけだな？　不愉快な気持ちにさせられると何度言えばわかるのだ。なおかつ、童子の私でもないという様子……許さんぞ」

背後から抱きしめてきていた腕が、突然両方の乳房を揉みしだき始める。

「げ、月天子……何を……」

「そなたが誰を思おうと、そなたは私の后だ。拒むことはならない」

「だからといって、このような場所で……」

「……仲睦まじくするのに場所など関係あるのか？」

耳元で囁かれれば、腰が砕けたように力が入らなくなる。

やんわりと耳朶《じだ》を噛まれ、その感覚すら甘美なものに感じられて背筋にぞっとしたものがとおっていく。

「や……です……月天子……場所をお考えください」

「恥じらうそなたが、よりいっそう私を煽るということを知らないようだな」

ふっと彼は吐息を漏らす。

笑ったのだと直感的に桃霞にはわかった。

「臥榻の上でしたら、拒んだりしません」

「私は、今、そなたが欲しい」

単に面白がられているだけなのか、彼が本気でそう考えているのかがわかりにくかった。

(本気だったら？)

この体を彼が欲しいと言うのなら、鷹叡の言うとおり、拒む理由もなく、拒んではならないと思えた。

「……月天子は、本気で……」

「主には従順なのではないのか？」

「私を、お試しになっているのですか？」

「試す？　あぁ……そうだな。そなたが本当に私を主だと思っているのなら、どんなことも拒みはしないだろうな」

彼の指が乳首を転がす。

羞恥の極みで頬を赤らめると、鷹叡はそんな桃霞の表情を紅玉の瞳でじっと見つめていた。

「げ、月天子は私にとって……主であることには変わりありません」

「主はひとりだけだと心得よ」

「……は、はい」

「そなたのその体も心も私に預けるがいい。千年先も可愛がってやる」

「ひ……っ、ゃ」

花芯に触れられて、声が出そうになるのを寸前で堪える。

紅唇から甘えたような啼《な》き声を出すまいと、桃霞は口元を手で覆った。

「聞こえているのか？」

秘唇をなぞられて、甘美な感触に細腰がわなわなと震えた。

「き、聞こえております。私は……私の全ては、月天子の、もの……で……」

「そなたは臥榻でいたすほうがよいと言ったが……最初のときよりも、ここが綻ぶのが早いように思える。場所が変わると感じ方も変わるのか？」

「そういったご質問は、ど……どうかお許しください」

「主が〝どうだ〟と聞いているのに、答えられぬのか？」

秘裂を何度も擦られながら問われては、声など到底出せなかった。

「答えないのは、私を主と認めないからか？」

口を押さえながら、桃霞はふるふると首を振る。

「わ……私の主は、月天子、おひとりで……んんぅ！」

鷹叡の指が再び花芯を撫でてきた。その場所に触れられるとどうしてか他の場所よりも妙な声が出てしまいそうで、声が上がる前に桃霞は唇を噛み締めた。

「声を出せ、淑蘭……触れられていいと思っているのだろう？」

「な……んで、おわかりに……なるんですか……心は読めないと、以前仰って……」

「心など読めなくても……この場所が、硬く膨らみ始めている。興奮しているのだろうな――ということくらいは、誰でも容易《ようい》にわかる。私も、同じだからな」

ふっと彼の吐息が耳をくすぐり、体を一瞬浮かされたと思った次の瞬間、股の間に屹立《きつりつ》したものを挟まされた。

「ひ……ゃっ」

初夜のときは何がなんだかわからぬまま、体を貪られて奪われたような状態だったので、多少の羞恥はあっても自然に体が繋がり、解けていったという印象だった。

けれど、今の状況は彼女が体感した房事とはまるで違っていた。

疼く花芯を鷹叡の肉棒で擦られれば、指でされるよりも甘美な感覚が湧き上がる。

「げ……月天子……ん……ぁ……あ」

これほどまでに長大なものが自分の中に収まったのかという驚きと、彼の一部分の逞しさに翻弄されてしまう。

湯の中であっても、ぬるついた蜜が鷹叡と擦れ合うのに都合がいい潤滑油《じゅんかつゆ》となっていて、その感覚もまたよかった。

気が付けば内股に力が入り、彼をより強く挟み込んでいた。

「そなたの体は柔らかくて、どこも気持ちよい……股の感触も……なかなかいい」

「ん……あ……あぁ……」

股で挟み込むことによって彼の興奮を煽り、肉棒はより硬さと大きさを増した。それで花芯や秘裂を擦られてしまうと、どうにかなってしまいそうだった。

全身が快楽に酔いしれ、美酒を飲まされたように甘く酔い、体が自分のものではないように感じてしまうほど、鷹叡に触れられる場所がどこであっても敏感になっていく。

触れられておかしくなっていっている場所は、下腹部だけではなかった。鷹叡は背後から桃霞の両方の乳房を揉みながら先端部を弄ってきている。

「げ……月天子……ん……ぁ」

「愛《め》でがいのある体だな……反応も可愛らしいものになってきているぞ、淑蘭」

「意地悪なことを……仰らないで……ください」

恥ずかしさで眦に涙が滲むのに、少しも止められたいとは思えなくなっていた。

「何を言う。嬉しいだろう？　主がそなたの体を褒め、求めているのだから」

声の調子は相変わらず淡々としたものなのに、そこに僅かに熱が滲んでいるのに気付かされると桃霞の心も体も、彼が言ったとおり悦びを覚えてしまう。

（……鷹叡様が、私を求めて……）

気持ちの昂ぶりは体にも伝わり、疼いている場所が、何か知らない感覚を桃霞に教えようとしていた。

「ん……く……ふ……」

燻っているものがなんだかわからず、桃霞は身悶《みもだ》えた。

熱くて苦しい。それは外側を熱せられているのではなく、体内が熱を持ち、甘美な感覚が強まったり弱まったりしている。

もうどうにかなってしまいたいのに、どうにかする術《すべ》がわからず、桃霞の体は焦れていた。彼の肉棒を埋めてもらえればこの熱は冷めるのだろうか？　最初の夜のように――。

「淑蘭、こちらを向け」

鷹叡に背を向けた格好でいた桃霞は、彼の命令で向かい合わせになる。

紅玉の瞳が熱を孕み、桃霞を見つめてくる。

「そなたの全てが愛おしい」

「嬉しい……です」

もう色々と考える余裕などなく、桃霞は彼の言葉が純粋に嬉しいと思ってしまっていた。

短い口付けを何度か繰り返した後に、鷹叡は体の角度を僅かにずらし、昂ぶりきった己の欲望を桃霞の肉体に宛てがった。

「あ……ぁ」

秘肉を割られ、ゆっくりと入り込んでくる鷹叡の肉棒を、濡れ襞が待ち焦がれていたように包み込み、より彼を感じようと内側が蠢いた。

(鷹叡様の体が私の中に……)

これが初めてでもないのに、受け入れられることに全身が歓喜した。いや、初めてではないからこそ、受け入れられる悦びを知っているのだろう。

「こうされることが、嬉しいか?」

「は、はい」

体は開かれ、鷹叡を全て飲み込む。最奥まで彼が辿り着くと、体がぶるりと震えた。

「んっう……あ……あぁっ」

「挿れただけで、それほどよい反応をしてくれるのであれば、動かせばどうなるのだろう?」

彼は唇の端を僅かに上げて、下から彼女の体を突き上げた。

深まる挿入に、桃霞は乱れ声を上げる。

「あ……っ、あ……あぁ……も……ぁ」

どうにかなってしまいたいと感じていた気持ちが、よりいっそう強くなる。

戒めなければならないと思う気持ちを裏切るように、己の中の貪欲な部分が鷹叡を欲し、快楽を欲していた。

「達せそうか? 淑蘭」

「達する……?」

このどうにかなってしまいたい気持ちが、達するというものなのだろうか。

そして、あの全身を突き抜けていくような感覚がそれなのだろうか?

「……体、が……熱いのに……どうすればよいのか……わからないのです」

鷹叡の逞しい体にしがみつきながら泣き言を漏らすと、彼はふっと目元を緩めた。

「そなたはいちいち可愛いな」

桃霞の細い体は鷹叡に強く抱きしめられ、揺さぶられた。

彼の先端部があたっている場所が、とても気持ちがよく、突き上げられるたびに嬌声《きょうせい》も

上がる。

「あ……あぁ……あ……ん……そこ……は……ぁ、ン」

「いい、か？」

「いいです……おかしく……なって……あ、あぁ……」

「淑蘭……」

「あぁ……でも……っ」

一度は手放した理性が戻ってくる。

知ってはならない快楽だと、桃霞は彼の腕から逃れようとする——が、呆気なく捕らえられてしまう。

「逃しはせぬ」

再び繋がりを深くされ、高い声が上がってしまう。

「あああ……っ、いや……お許しを……」

「達しろ、淑蘭。そうすれば……そなたは、私を求めずにはいられぬ体になるであろう」

「あっ……あああっ」

ぐぶりと最奥を抉られるような感覚に、桃霞は全身を震わせ拒んだ快楽の味を知らされた。

「や……ぁ……っ、あ、ン」

彼女の細腰を抱きしめ、鷹叡は桃霞の達する様子を満足そうに眺めながら、己も彼女の体内に欲望を吐き出していた。

「ひ……っ、あ……」

「可愛いな……淑蘭……」

唇が重なり合い、彼は生ぬるい舌先を彼女の口腔内に入り込ませてきた。

これで終わりにする気はないのだろうと、桃霞はすぐにわかる。

心地よい疲労感に包まれている体を、彼女は鷹叡に預けた。

「私はそなたが愛しくて堪らない……そなたがいると、心が……満たされているように思えるのだ」

「私も……です。月天子」

彼の孤独と自分の孤独を重ね合わせるのはおこがましいと思えた。けれど、もしかしたら鷹叡は〝わかってくれる〟のではないかという、淡い期待を抱いてしまっているのも事実だった。

稚い姿の彼が自分を許してくれたから、余計にそんなふうに思ってしまうのかもしれない。

「……月天子……」

もっと彼に満たされたかった。

心も、体も、どちらも満たされて、彼しか考えられなくなってしまえばどんなにいいだろう。

行為を再開させたのは桃霞が先だった。ゆっくりと体を浮かせては沈め、鷹叡のずっしりとして熱い男性器の感触を、確かめるようにしながら緩やかに腰を動かした。

（私……鷹叡様が好き……）

彼という存在は桃霞が考えている以上に、彼女の心の中に入り込んできているように思えた。

否応なしに惹かれてしまっている。幼い姿の彼にも、今の彼にも。

「……あぁ……月天子……もっと……」

「欲しい……か？」

「欲しい、欲しいです」

あなたの全てが。と、言いかけてさすがにその言葉は呑み込んだ。

心も体も己の全てが、月天子である鷹叡を求めているのがはっきりとわかってしまう。

（……駄目なのに……こんなふうに欲しがってしまっては……）

鷹叡の体にしがみつき、腰を揺らしながらもそんなことを考えていた。きっとどこかで彼との別れがやってくる。魂魄の込められた腕輪があろうがなかろうが、そんな予感がしてならないのだ。

「……あぁ……淑蘭……愛している」

彼の手が後頭部を優しく撫でてくる。その手の動きに深い愛情を覚えて、桃霞はうっとりと目を閉じた。

「月天子……私も……愛しています」

初めて出会ったときから桃霞は彼を好きだった。

だけど、彼の髪の色が変わったのと同じように彼女の心の〝色〟も緩やかに変化していった――。

鷹叡に対しては淑蘭の代わりに彼に尽くし、仕えたいと思っていた親愛の情が、今は愛情というよりも執着心といえるような思いへと変化している。やがて彼以外何も見えなくなってしまいそうで、盲目的な感情が少し恐ろしくもあった。

「……月天子……」

別れの日などこなければいい。いつまでも抱きしめていてもらいたいのに……。桃霞は刹那的なものを感じて胸を痛める。

愛したり愛されたりすることがなかった桃霞には、彼に対する愛情が苦しく思えてしまう。どこまで愛していいのか境目がわからなかった。

『達しろ、淑蘭。そうすれば……そなたは、私を求めずにはいられぬ体になるであろう』

あんなふうに言われなくても、快感を教えられなくても、桃霞は彼を求めずにはいられなくなっていた。

確かに快楽も欲しい。けれどそれ以上に欲しいのは彼のぬくもりや愛情といったものだ。

（……鷹叡様が夫だなんて仰るから……）

ただの主では足りなく思うようになってしまうのだ。

「ん……ぅ……あ、あぁ……」

背筋がぞくぞくっとした。

甘い快感が背中をとおり、脳に刺激を与えてくるようだ。粘膜同士が擦れ合って生まれる愉悦に没頭しそうになる。

「あ、あぁ……っ、も……駄目……っ」

「――なにが、駄目？」

彼の低い声が耳をくすぐる。そんな声も、体を高めるには十分なものだった。それなのに鷹叡は下から彼女を突き上げて刺激を与えてくる。

「あ、あっ……ふ……ぁ……そんなに……しな……い、で」

「妻を悦ばせるのも、夫の務め……なのではないのかな」

「ど、どこでそんな言葉を覚えてくるんですかっ」

「どこでだと思っている？」

妖艶に輝く紅玉の瞳の虜になる。そうでなくても彼は神人であり、その壮絶なまでもの美貌も平常心のときであっても見つめられれば心が揺り動かされてしまうというのに、こんなふうに繋がっているときに艶めいた瞳で見られてしまえば、どうにかなってしまいそうだった。

むしろ、もう、どうなってしまっても構わないと思わされるほどの魅力を持つ男性へと、鷹叡は成長していた。

「百花王のように美しき我が妻……溺れてしまえ……この、私に」

彼は桃霞の細腰を摑み、中を長大な男性器でかき混ぜるような動きをする。

そんなことをされては堪らない。

突き上げられて子宮を刺激されるのも良かったが、濡れ襞を刺激する動きも良すぎた。

「ん……あぁ……い……あ、ぁ」

塊の熱さが体を蕩けさせていく。

「いい声だ……私も興奮させられてしまう……」

興奮で息が乱れた彼に、桃霞は煽られる。

次第に彼女も鷹叡の動きに合わせるようにして、腰を揺らし始めた。

「あ……っ、あ、あぁ」

月天子相手に快感を貪ることなどしてはいけないと戒めてみても、もうどうにもならなかった。彼が子種を吐き出す前に、昂ぶった体をどうにかしてしまいたかった。

「……は、い……。いい……です……」

「そう、か……。いいぞ、もっと乱れてみせろ」

「無理……っ。ん……」

そう言ってみても、もう自分の体ではなくなってしまったように制御不可能だった。

鷹叡の腰に自分の腰を押し付けて、自らぐりぐりとかき混ぜるように腰を動かしてしまう。こんなのは自分じゃない。自分がこんなことをしていい相手ではないと、再び考えても、湧き上がる甘い快楽が欲しくてどうにもならない。

「あぁ……凄い……淑蘭……気持ちいい……出そうだ」

「あ……っ、あ……まだ……あぁ」

彼の逞しい体にしがみつき、腰を揺らしながら、桃霞は貪欲に鷹叡を求めた。最奥が熱くなってきている。あと少し、ほんの少しで達せる――。

「待ってください……わ、私……も」

「達したいのだな？　可愛い様子だぞ」

腰に腕を回され、しっかり抱きかかえられると片足を持ち上げられ、空いた隙間に鷹叡は指を差し入れてきた。

突き上げる動きは止めないまま、彼は快感で膨らんだ桃霞の花芯を撫でる。

「ひ……ゃ……あ、あぁ……っ！」

「……あぁ……可愛い……そなたほど愛らしい娘は他に見たことがないぞ……ほら……もっと……乱れてみせよ」

湯船の中で抜き差しされていたから、湯がばしゃばしゃと跳ねている。

真っ赤な花びらがたくさん浮かぶ湯の中で抱かれて、桃霞は達しそうになっていた。

「も……あ、ぁ……あぁ……っ」

桃霞が高い声を上げて全身を震わせると、鷹叡が花芯に触れていた手を彼女の腰に移動させ、大きく突き上げて呻いた。

（な、中……あぁ……）

熱いものを吐き出された。

ひくひくと痙攣《けいれん》している内部が鷹叡の男性器を締め付けると、彼のその部分もひくりと跳ねる。

「……愛している……」

「……はい……月天子、私も」

刹那的なものであったとしても、今はひどく幸せで、桃霞は微笑みながらも嬉し涙を零した。

彼女の頬を伝う涙を拭いながら、鷹叡も微笑んでいた――。

# 第五章　熱に溺れて

――実のところ。

桃霞は男性というものを、その存在すらあまり知らずに育っていた。淑蘭公主がいた宮中は男子禁制であり、雑用係も含めて皆、女性だった。

男性の本質や本能のようなものをまるで知らずに育ってきたのだ。

鷹叡の姿が中性的で、女人よりも美しいと思える外見の持ち主だったから、男性を主に持つという本当の意味をわからずにいたのかもしれない。

まして〝主〟と言いながらも、鷹叡は夫になる天界の龍神。

そんな彼の底なしの欲望の渦に、桃霞は巻き込まれていた。

「……う、う……ん」

たまらなく眠い。

ぐっすり眠ってしまいたいと思ったが、体内に違和感を覚えて目を開けると、桃霞は鷹叡の裸体の上に突っ伏していた。

「ん……え、月天子？」

何故、こんな体勢なのだろうかとぼんやりと考えていると、鷹叡に体を揺さぶられた。

「ひ……ゃあ……ン」

背筋がぞくっとする。

そこで違和感の正体に気が付くことができた。自分の体は、まだ、鷹叡に貫かれたままだったのだと。

臥榻の上で体を延々と求められ、途中で気を失ってしまったのだろう。桃霞の体は体力的に、鷹叡の欲望を全て受け止めきれないようだった。

本物の公主などではなく、宮中の雑用係をやっていたので、体力には自信があったのだが、房事に関しては自信を失いつつあった。

桃霞が達し、鷹叡が果てても、彼には終わりというものがないらしく、すぐにそのまま体を求められてしまうのだ。

初めての夜は彼の自由に貪って欲しいと思ったものだったが、このところ朝も夜も関係なく求められて、桃霞の体力は限界をとうに超えていた。

「も、もう……無理です」

限界を訴えようと鷹叡を見ると、紅玉の双眸が熱っぽく見つめ返してきて、やめて欲しいときっぱり言えなくなってしまうのだった。

（なんだか、ずるい）

普段は厭世的な瞳で世界を見ている紅玉の双眸が、こういうときだけ艶めいた輝きに満ちていて拒みきれなくなる。

絹糸のようにさらさらで触り心地のよい銀灰色の髪にも、房事のときには容易《たやす》く触れられるから、終わらせたいと告げてしまうのが惜しいとも感じてしまう。

仙人の儀を済ませて青年の姿になった鷹叡の美しさは、まさに神がかっていて、そんな彼に優しく愛の言葉を囁かれれば、自分の体力がどうであれ、この時間が長く続いて欲しいとも思ってしまうのだ。

「……辛いのなら、また少し休めばいい」

「このままで……ですか？」

鷹叡に挿入されたまま眠りにつくのはどうも落ち着かない。

「こうしてそなたと繋がっているのは、子種を吐き出す瞬間よりも得られるものが大きいのだよ」

「ただ、繋がっているだけなのにですか？」

「そうだ」

彼の柔らかな唇が、瞼にそっと触れてきて、額や頬にも口付けてくる。

「愛しいと、思うから余計なのだろうな」

「……私も……月天子を……愛しいと思っております……」

鷹叡が後頭部をそっと撫でてきて、その仕種が体を休めるように命じられている感じがして、従うように彼の胸に再び頬をつけた。

「私が上に乗ったままで、重くはありませんか？」

「そなたの重みなど、どうということもない……重さよりも、ぬくもりが心地よい」

「……私も、月天子の肌のぬくもりが、心地いいです」

子を作るための房事だと思えば、下界のように後宮を持ち、たくさんの側室に囲まれて暮らすほうがいいのだろうけれど、彼と体を重ね合わせるたびに、房事はそれだけではないと思わされてしまう。

（鷹叡様が私以外を求めるようになったら……辛いのだろうな……）

このところ彼の心が安定しているせいなのか、力の制御がうまくできつつあるようだった。

そこで、葵殿があった場所とは正反対の位置にある菖蒲殿《あやめ》に月天子の住居を移すべきだという意見が持ち上がってきているらしい。そういった意見に対して、鷹叡はわざわざ住居を移さずとも離宮を増築するなりして、このまま使えばよいとはねつけているらしいが、どうなっていくかはわからない。

（……私が早く身籠もらなければいけないのね……）

天帝は淑蘭のふりをしている桃霞を鷹叡の后にするつもりらしいし、鷹叡自身も、彼女以外を后にするつもりはないとはっきり言っている。

ただ、天帝が危惧《きぐ》していたように、鷹叡の力が安定した途端に側室の話が出始めてきていて、むしろ淑蘭を鷹叡の正妻にするのはいかがなものか——といった話すらもう出てきている。

権力に対して貪欲なのは下界人も天界人も変わらないのだなと、改めて思ってしまった。

だからこそ、天帝は彼女に早く懐妊をするように——と述べてきたのも納得できた。

「……淑蘭……まだ、起きているか？」

「……はい、月天子……なんでしょうか？」

「そなたとの婚礼の儀をなるべく早く済ませるよう、父帝に願い出ている。住む場所のことだが父帝も菖蒲殿に住居を移したほうがよいと仰るが、私はこのままでいいと思っている……そなたは、どうだろうか？」

「月天子がそれがいいとお思いになるのでしたら、今のままでよいのではないかと」

「そうか」

「もともとずっとこちらにお住まいだったのですから、月天子にとって住居を移すよりも、ここに住み続けるほうがよいのかもしれません。この離宮の空気が月天子には合うのかもしれませんし」

「離宮《ここ》のほうが色んな者の目に触れず、居心地が好い。私はあの者たちの視線がどうにも好きになれない。そして、そなたのことも……他の誰の目にも触れさせたくないと思うから……」

「私は……月天子のお傍にいられるのであれば、住む場所はどこでも構いません」

ただ、桃霞は引っかかりを覚えていた。

童子の鷹叡は生まれてから一度も離宮を出ることなく過ごしていたという。そして手習いをすることもなく。

――それなのに、どうして童子の姿だった頃の彼は、下界人の〝やんごとなき理由〟を知っていたのだろうか？

彼のために秘密裡《ひみつり》に動くような人物がいたのなら、鷹叡はこんなふうに感情を削ぎ落としたような状態にはなっていなかっただろう。

誰かの協力があったわけでもなく、彼だけが知り得ること。その方法。

（もしかしたら、この離宮の中に、その秘密があるのかもしれない……？）

そして桃霞は、忘れかけていたことをふと思い出した。鷹叡が仙人の儀を済ませる前に見た不思議な夢。夢のことだから今の今まで忘れていたが、鷹叡と同じ髪の色を持つ女性が見ていたものはなんだった？

『……こうして、ここから下界の様子が見られるのは〝わたくしだけ〟です……』

銀色の大きな水瓶を覗き込みながら、彼女はそんなことを言っていた。

『下界の様子が見られるのは』

その彼女の言葉が桃霞の胸の中で何度も繰り返された。

（まさか……あの人だけではなく、鷹叡様も……〝見られる〟？）

童子の姿の鷹叡が、水瓶から下界を見ることができたと仮定するのなら、何故彼だけが
桃霞が本当は何者であるのかを知っていたかが合点がいく。

「……あの、聞いてもよろしいでしょうか？」

「なんだろう？」

「月天子は」

うっかり下界の様子を見ることができますか？　などと聞いてしまいそうになった。彼
が以前ほど下界人に対して侮蔑的な態度ではないとはいえ、今の桃霞は〝天界人〟として
彼の后になろうとしていることを思えば、聞いてはならない内容だった。

もし、彼が下界の様子を見られるとして、下界の隅々を見てしまえば崔国のことも知っ
てしまうだろう。正体を暴かれるような危険を冒してはならない。

「あ……、いいえ、なんでもないです」

「おかしなやつだな」

彼は唇の端を歪める。そんな微笑みを見るのは何度目だろう。

(貪欲だとか……他人のことを言えないわ)

桃霞は彼の裸体をしっかりと抱きしめる。そして、深く繋がり合っているこの瞬間を愛おしむように、鷹叡の銀灰色の髪に口付けた。

自分は彼が欲しいと思っていた。主として仕えたいという気持ちも変わらず、ずっと傍にいたいという気持ちも変わってはいなかったが、願わくは、触れ合うことが許される位置にいたいと思ってしまっている。

左腕に嵌められた腕輪の意味。

童子の鷹叡はここまで考えていたのだろうか？　あのときの彼も、肌を重ね合いたいと思っていた？　そんなふうに考えてしまえば、頬が朱色に染まる。

「あの……離宮の中を散歩してもいいですか？　離宮にあるお部屋を見てみたいのです」

「離宮の部屋？　ああ、そなたが望むのであれば構わぬ……後で部屋の鍵《かぎ》をそなたに渡そう。好きなだけ見て回ればよい。ただ、離宮の門からは出るな」

「はい、月天子」

紅玉の瞳と熱い視線を絡ませた後、桃霞は彼に口付けた。

生ぬるい舌の感触にすぐに酔う。

自分はもうすっかりこの神人の虜になっていた。

(最初から……わかっていたことじゃない)

童子の姿であった頃から、鷹叡は魅力的で、制御しきれぬ力さえなければ、誰からも愛され可愛がられて育っていただろう。

では、今はどうだろう?

青年の姿になった彼は、白龍と同じ紅玉の瞳を持ち、銀灰色の艶やかな髪を持っている。見る者の心を全て奪いかねない壮絶なまでの美貌を持つ姿になっていた。そして力の制御もできるようになっているとなれば、誰が彼を恐れるだろう?

鷹叡は、自分だけの鷹叡ではなくなる——。彼の幸せを思えば、誰からも愛されるほうがいいと思えるのに、取り残されていくようで寂しくなった。

「……月天子」

桃霞は体を起こし、ゆっくりと腰を前後に揺らし始めた。

快楽でごまかさなければ、心が寂しさで凍りついてしまいそうだった。

「淑蘭……あぁ……」

鷹叡が甘い吐息を漏らした。

本当の自分の名を呼んで欲しい……自分は淑蘭ではなく桃霞なのだと彼に言いたかった。だけど、告げてしまえばそれで終わりだとわかっていたから、この思いは永遠に心の奥底で眠らせておかなければならない。

もういいじゃないか。自分の名前がどう呼ばれようとも、自分が誰を演じようとも。

「……月天子……お慕いしております……愛しています」

「ああ、愛している。そなたの声は心地よい……そなたに包まれ、抱きしめられていれば……もう、何もいらない」

「……ん……ぁ……月天子は、欲がないのですね……」

繋がり合っている場所からは粘着質な水音がぴちゃぴちゃと響いている。濡れそぼった場所が鷹叡の肉棒を咥え込み、最奥に触れてくる。

桃霞はその場所に彼があたるのがすっかり好きになってしまっていて、長大で硬い肉棒の切っ先がそこからずれないようにして注意深く体を揺らす。

「あ……あぁ……ン……あ……」

「もっと喘いでもいいぞ」

行為に溺れ、快楽を得る方法を身に付けていても、声を聞かれるのはやはり恥ずかしく、漏れる声は最小限に留めようとしているのに、鷹叡に煽られる。

「いいのだろう？　私の体が」

「は……い、いいです……いい……凄く……あぁ……月天子……いいの……ぁ……ン」

「そなたは本当に、可愛い声で啼くのだな。無理をさせているとわかっていても、もっと啼かせたくなってしまう」

細腰が揺れる動きに合わせて、彼が下から突き上げてくる。

臥榻が軋む音さえも淫猥《いんわい》に感じられて、徐々に追いつめられていく感覚を桃霞は楽しんでいた。

（こんなふうに房事に耽ることよりも……孕むことを考えなければいけないのに……）

淫らになってしまった体は貪欲に鷹叡の肉棒を締め付け、濡襞が擦れる感触にも酔っていた。

「あ……あぁ……月天子……いい……っ……ああ……もっと、突いてください……」

弧《こ》を描くように腰を揺らしていると、突然体位を変えられ、桃霞が下になった。

「ん……ぅ」

彼の体を自由に貪らせてもらえるのもよかったけれど、桃霞は鷹叡に組み敷かれるほうが好きだった。彼の宝石のように美しい紅玉の双眸が、甘ったるい色で艶めき、欲しているのがはっきりとわかるからだ。

「月天子……好きです……」

「好きだ……淑蘭。千年経っても変わることなく、私はそなたを愛し続けるだろう」

「嬉しいです」

桃霞は鷹叡の体をぎゅっと抱きしめた。

「ようやく、喜んでくれるようになったな」

彼はちょっとした恨み言をぼそりと告げる。そんな鷹叡から少しだけ体の距離を作り、桃霞は上目遣いで見上げた。

「嬉しくないだなんて恐れ多いことを、言った覚えはありません」

「そうだったかな？　嬉しくなさそうな表情はしていたように記憶しているが」

「……そんなこと、ないですもん」

嬉しくても、嬉しいと表現できない理由がこちらにはあり、それは今も変わってはいなかったが、桃霞が貪欲になってしまっただけだ。

刹那的な感情に胸が焦がれようと、しがみつけられる間は、鷹叡にしがみついていようという気持ちの変化があったのだ。

「今は……必死になってしまっているだけです」

「婚礼衣装も仕上がってこようというのにか？」

「だって……月天子は、お美しいですし……」

「そなたは天香国色だと……知っているか？」

「……そう言っていただけるのは、とても嬉しいのですが、そんなに美しくないです……月天子くらいですもの、そこまで褒めてくださるのは」

「そなたの前の主は、つれない男だったのだな」

「……私、以前の主が男性だなんて言ったことがありましたでしょうか？」

「違うのか？　そなたが思い焦がれているように見えていたから、てっきり……」

「……思い焦がれるというものではなく、恩があって……大事な……女性《ひと》で……」

「そうか……私はつまらぬ嫉妬《しっと》をしていたわけだな」

「嫉妬？」

そういえば、童子の鷹叡を思っているときよりも、淑蘭を思っているときのほうが彼は文句が多かったように感じられた。

「そなたは心優しい娘だから、童子の姿の私を見捨てられず、腕輪を受け取ってしまったのだろう？　その後、度々外して欲しいと願っては来たが」

「……今は、絶対に外れないということのほうが安心です」

桃霞は左腕の腕輪を愛おしげに撫でて、微笑んだ。

外れないなら、この腕輪だけは失わずに済む。

「……どうにも、微妙な気持ちにさせられるな……私が下賜したものであればよかったのに」

「同じじゃないですか」

「そう……か？　その言葉に偽りはないか？」

「今の月天子は私にはもったいないくらい優しくしてくださいます。以前と変わらないです」

「ちゃんと、優しくできているか？」

「はい……。でも少しだけ、房事の回数が多いかとは思いますが」

「そこは譲れぬ」

彼は唇の端を僅かに上げてから、律動を再開した。

途端に溺れさせられる快楽の海。

心地よくて、気持ちよくて、永遠に溺れていたいと思ってしまう。

「あ……あぁ……ン……」

花芯に鷹叡の指が触れる。腰を使われながらそこを触れられると、体が淫らに悦んでしまう。

彼の臥榻で両足を大きく広げ、深い場所で鷹叡を感じながら、悦楽に浸る。

（鷹叡様……っ）

彼の名を、声に出して言う勇気はもうなかった。

鷹叡も、名前のことが原因で桃霞が遠ざかったと感じ取っていたから、呼べとは言わなかった。

それでも、心の中ではいつでも彼を名前で呼んでしまう。以前の彼がそうして欲しいと言ったからではなく、彼の名前を呼ぶことで、鷹叡を独占している気持ちにさせられるのだ。ただ、それだけのことだったが、心は満たされ、体の快楽も深まるのだった。

「あ……あぁ……いいです……月天子……あぁ……」

彼が腰をくねらせれば、同じようにくねらせる。

肉棒を出し入れされて、蜜壺から掻き出されるように桃霞の蜜が体の外へと溢れ出ていく。臀部を伝い、鷹叡の使っている敷布を体液で汚してしまうのも、もう今更気にしても仕方がないと思うほどの量が溢れ出ていた。

「……これだけ濡れても、そなたの中は私を逃さぬようにきつく締め付けるのだな……」

「逃したく……ないからです。月天子」

彼が眉根を寄せた。

それが射精を堪える表情だと気付けば、桃霞の内側が熱く燃え上がった。

「あ……あぁ……もう……堪えられません……」

「よい……私もだ……早くそなたの中に、出してしまいたい」

「あぁ……月天子……っ、たくさん……私の、中に……っ、ン……あああぁ！」

桃霞が絶頂に背中を反らした瞬間、鷹叡も彼女の深い場所に届くくらい勢いよく吐精した。

「ひ……ゃ……あ！」

注ぎ込まれた熱い液体に、内側の粘膜がそうされることを待ち望んでいたように蠢いたから、桃霞は軽い絶頂を再び迎えて、彼の体を強く抱きしめる。

鷹叡と体を重ねる幸福感に、桃霞の心が満たされていた。

＊＊＊　＊＊＊　＊＊＊

「なんだか、幸せですねぇ」

春の日差しの中にいるように、蘭葉がほのぼのと微笑みながら桃霞の房室にかけられている赤い婚礼衣装を眺めていた。

衣装に使われている赤の絹布には、金糸が使われた美しい刺繍がされている。刺繍の柄は牡丹唐草《ぼたんからくさ》で、思わず溜息が漏れるほどの艶やかさだった。

桃霞も蘭葉につられて微笑んでしまう。

「ありがとう……蘭葉」

婚礼衣装を眺めていた蘭葉が桃霞を振り返り、また笑った。

「お礼を言いたいのは私のほうです。私がこちらに来たばかりの頃……童子の姿の月天子を思い出すと、お可哀想で……切なくて胸が苦しくなるんです。私も……誰かを責められる義理はありませんが……稚い月天子が、色んな悲しみや寂しさのようなものと日々戦っておられたのかと考えれば、未だに涙が零れそうになるのです。たったひとり、世話をしてくれた朱葉様のことだって、本当は下界に帰したくはなかったでしょうに……ですが、淑蘭様が来てくださったおかげで、月天子は変わられたように思うのです。この世界で……生きていく楽しみなど、見つけるのは難しいことですが、淑蘭様がいればきっと月天子は長い年月、楽しく暮らしていけることでしょう」

「……そうだと、いいわね」

「淑蘭様は楽しくないですか？」

恐る恐る聞いてくる蘭葉が可笑しくて、桃霞は思わず笑ってしまう。

「楽しいわ」

「あぁよかった」

蘭葉がほっとしたように胸を押さえる仕種が可愛らしかった。

「……それで、離宮探索は本当になさるおつもりですか？」

「駄目かしら？」

「ああ……いいえ、私も興味はあるのですが、同行してしまってもよいものかどうかと……」

「月天子がお許しになったから大丈夫よ。むしろ、ひとりでは離宮内とはいえ行動するなと仰せなので、蘭葉の協力がないと散歩もできないの」

「……愛されていますねぇ」

また蘭葉はほのぼのとした笑みを浮かべる。

なんだか他人からの祝福は、心の中がくすぐったくさせられる。

誕生日さえまともに祝われたことがなかった桃霞にとって、初めて他人に祝われる日。

それが婚礼の儀になろうとは――。

父の顔も母の顔も知らず、香家の親戚の顔すら知らない桃霞は、本当に自分が香桃霞という名前なのか？　とすら思っていた時期があった。

『おまえは、香家の桃霞だよ』

婢女として宮中の仕事をさせられるようになったときに、そこの責任者にあたる者に素っ気なく言われた。

父は大した成果も挙げられなかった下位の武官で、遠征先で亡くなり、母も行方不明になった。誰もおまえの面倒は見ないから、生きたいなら働けと言われた日のことを、ぼんやりと思い出していた。

（生きなきゃいけないんだ？）

幼い桃霞は真っ先にそんなことを思った。

父や母がいない事実に嘆かされることよりも、最初に思ったのがそれだった。

生きる必要があるから、自分は〝生かされている〟のかと考えた。

死ぬことは容易い。宮中でも、毎日誰かが病気で亡くなっていく。

何故だかわからなかったが、自分は小さい子供のくせにけっこう丈夫で、幸いにも病気ひとつしなかった。

誰かに生きろと言われているような気がした。それはいったい誰なんだろうと、長年の謎だった。

そうこうしているうちに美しい公主の淑蘭と出会った。

(私、きっと、この人のために、生かされているんだわ)

なんの根拠もなくそう思えた。

そして婢女の桃霞を妹のように可愛がってくれる優しい公主に、一生を捧げようと思ったのだ。

「そんな私が……結婚だなんて……」

思わず声が出て、蘭葉が目を丸くした。

「淑蘭様?」

「あぁ、ごめんなさい……色々、思い出してしまって……さ、行きましょうか」

鷹叡から預かった離宮の房室の鍵を卓子からじゃらりと持ち上げて、桃霞は微笑んだ。

「まずはどこから参りましょうか」

蘭葉の質問に、桃霞はどう答えていいのかわからなかった。離宮内の造りがまず彼女には把握できていなかったのだ。

「そうねぇ……」

書庫があるならどんな書物が置いてあるのか興味があったので、そこに行きたいところではあったが、鷹叡が字が読めないことを思えば書物があるとも考えにくい。

「……ちょっと、面白そう……とか?」

「面白そう……ですか?　淑蘭様がご興味をもたれそうなところといえば、書庫かなと思うのですが」

「でも、書庫に書物はないでしょう?」

「昔は置いていなかったそうですが、最近、置くようになったみたいですよ」

「え?　そうなの?」

「淑蘭様が書物をお好きだということで、他の宮殿の書庫から何冊か運びこんだ、と聞いております」

「そんな話、月天子は一言も仰らなかったわ」

「……喜ばせたいと思いながらも、言ってしまうと書庫に籠もりきりになってしまわれるとお思いになったのかもしれませんね。あとは……もう少し、月天子が読み書きができるようになってから、ご一緒に……とお思いなのかもしれませんし」

「だとしたら……書庫にはまだ行かないほうが……いいわよね」

「そうですねぇ」

学のある者がついて昼は手習いをしているようではあったが、彼が愚痴《ぐち》を零したように脱線が多く、なかなかたくさんの文字を覚えられず、苛立ちを覚えているようだったが、童子の姿のときのように千字文を使って桃霞が手習いをしようとすると、今度は鷹叡自身が脱線させてしまうので、以前に比べて遥かに時間がかかっていた。以前の彼ならあっという間に覚えてしまった千字文だったが、今はまだ半分ほどだ。

(すぐに……房事をなさりたがるから……)

頬を赤らめながらも、桃霞は溜息をついた。

「……とはいえ、鍵はたくさんございますが、ほとんどが空き部屋で、何もないお部屋ばかりだと……」

「では、仕方ないわ。端から見ていきましょう」

離宮とはいえかなりの広さを誇り、桃霞の房室から廊下を渡ってほんの一部分を見ただけで桃霞も蘭葉も疲れてしまい、四阿で腰を下ろした。

「離宮がこれだけ広いとなると、菖蒲殿はどれほど広いのかしら……」

「そうですね、離宮の倍以上は広いのでは……まぁ、お散歩ができるような敷地面積でもないと思います……離宮も端から端まで歩こうなどと言い出すのは淑蘭様くらいで、普通は輿に乗って移動するものですから……」

「そうよね……童子のお姿のときに月天子が輿に乗ってよく出かけられた場所ってあったりするのかしら」

「好きな方がよく使われていたところを、見てみたいということでございますね。探ってみますわ」

蘭葉はにこりと微笑んだ。

少々意図《いと》は違ったが、蘭葉の勘違いを正すことなく、桃霞も微笑んだ。

「……そういえば、最近、葵殿から来ていた女官の姿を見ない気がするのだけれど」

「あぁ、香蘭《こうらん》のことですか？　あの女官はもともと葵殿で后がねだった李蓮《りれん》様の女官だったので、月天子が李蓮様のところにお戻しになりましたよ……月天子が火傷を治された後で……」

「そうだったの？」

「月天子は李蓮様の女官だったことすら、覚えてはいなかったようで……」

「お茶のせい？」

「そうですね……」

「葵殿での出来事を思い出したから、お戻しになったというわけではないのよね？」

心配そうに聞いてくる桃霞に対して、蘭葉は大きく頷いた。

「もちろんです。忘却の仙桃で作られたお茶で忘れてしまったことを思い出したりはしません」

「……そう、よかった。李蓮様の怪我の原因については……誰からも聞いていないのかしら？」

「葵殿が炎上したことは今や禁忌《きんき》の話です。李蓮様の怪我を月天子が治す件については、李蓮様のお父様が高官で、治して欲しいと陛下に泣きついたからであって、月天子はご事情を知らないはずです。陛下は治す条件として、月天子には葵殿での出来事を何も喋らないと誓わせていますので――まぁ、李蓮様が月天子に夜這いをしたのがいけないわけですから……そんな恥ずべき部分をご本人が言うとも思えませんし」

「……蘭葉は、本当……事情通よね」

「それだけ、皆、暇なのですよ。何百年と生きている者が多いですから、お喋りくらいしかすることもなく……」

「……まぁ、そうよね……それでも、分別はあるようだから安心したわ」

「淑蘭様は月天子が傷付くことを、心配なさっているのですね」

「……朱葉様のお話を聞いているからやはり心配はしてしまうわ。ご自分が他人を傷付けることを、月天子が何も感じていなかったとは思えないもの」

「ええ……そうですね……私も、そのように思います」

そのとき、ふいに影を感じた。

四阿から顔を出すと、上空には白龍が悠々と空を泳ぐように飛んでいる。

「……こちらに、月天子がいらっしゃるのかしら？」

「どうやらそのようですね」

ふふっと蘭葉が笑って、月天子を迎えるために四阿にある椅子から立ち上がった。

月天子がその美しい姿を現すと、空気が変わった感じがした。

本人の表情は相変わらず厭世的であるのに、空気は澄み清々しさを桃霞は感じていた。

(白龍が風龍神だからかしら……清らかな風を感じるのは)

それでも、彼は火の力も持ち合わせ、もしかすると水龍神の力も持っているかもしれないのだ。

童子の鷹叡がよく行っていた部屋のことを探るよりも、ずばり水瓶のことを蘭葉に聞くべきだろうかと考えてもいた。

「今日は離宮のどのあたりを見て回ったのだ？」

「東のほうを」

桃霞が微笑むと、鷹叡は唇の端を僅かに上げる。

「そうか。何か愉快なものでもあったか？」

「……そうですね……」

特別なにか面白いものはなかったが、桃の木があったことを思い出して彼女はその話をした。

「桃の花が咲いておりました」

「そうか」

鷹叡は何故か嬉しそうに唇の端を上げる。

──嬉しそうとは思ったが、鷹叡の表情そのものは無に近いものがあり、桃霞が〝そうだ〟と感じただけではあったが。

「美しかったであろう？」

「え？　ええ……可愛らしい花がたくさん咲いていて、見事でした」

「喜んだか？　あれはそなたのためのものだ」

「……あの」

桃の木は一本だけではなかった。

彼女が訪れるのを待ち望んでいたかのように、桃の木はたくさん生えていた。どこかで生えていた木を移したのだろうか？

「ありがとうございます。桃の花は好きなので嬉しいですが……あれだけの桃の木を移しかえるのは、大変だったのでは？」

「移しかえてなどおらぬ。種を蒔いたのだ」

「種？　木はそんなに早く成長しないのでは？」

　天界では違うのだろうか。恐る恐る蘭葉を見ると、彼女は桃霞の意見を肯定するように頷いた。

「私の魂魄を分け与えて成長を早めた。百花王のような美しさを持つそなたではあるが、桃の花のような愛らしさもある。東は気の流れが良い。近々そなたの房室をあちらに移そうと思い、桃の木で囲ったのだ」

「……今、魂魄を与えてと仰せになりましたか？」

「そう言ったが？」

「おそれながら月天子、魂魄をお使いになるのはお控えください」

桃霞の言葉を聞いた鷹叡は腕を後ろに組んだまま、不思議そうに首を傾げた。

月帝の冠に下がる飾りがしゃらんと典雅な音を奏でる。

「そなたは桃の花を喜んだのではなかったのか」

「どこの妻が、夫の魂魄が欠けて喜ぶと思うのですか！」

魂魄の大事さを、彼がわかっているのかどうなのかがわからない。

童子の姿の彼が、魂魄で腕輪を作ったと聞いたときにもとても驚かされたが、またもや彼は自分の魂魄を削る真似をした。

青年の姿になっても、心はまるきり子供なのか？　と疑うほどだ。

彼の実年齢はわからなかったけれども。

「私の妻は泣き虫で、怒りやすいのだな」

「失礼いたしました。まだ妻ではなかったですね」

「ほう？　それは私を脅しているのか、面白い」

女人のごとく艶やかな唇が僅かに上がる。

「魂魄をポンポン欠けさせてしまう夫など、欲しくありません」

強く言わねば、本当にただいっとき桃霞を喜ばせるためだけのことでも、彼は容易に魂魄を使ってしまいそうだったから、彼女はそういう言い方をした。

「もう欠けてしまっているからどれだけ欠けさせても構わないと思っていらっしゃるのならば、私の腕を切り落としてこの腕輪の魂魄をご自身にお戻しください」

紗で仕立てられた長衣の袖を捲り上げ、桃霞は白翡翠の腕輪を鷹叡の目の前に差し出した。

「そう怒るな。桃の木のことはすまなかった……一刻も早く桃の花を咲かせたかったのだ」

目の前に差し出された桃霞の腕を、鷹叡はそっと下ろした。

何故？　と聞くことは憚られた。桜や梅であるならば聞けたかもしれなかったが、桃の花であるがゆえに桃霞は口を閉ざした。

『桃の花のようであるから、桃霞と名付ける』

淡々としながらも優しさを秘めていた、童子の姿の月天子の言葉が思い出された。

眦に涙が滲み、桃霞は左腕に添えられている鷹叡の手に右手を重ね合わせる。

「……あなたに何かあっては……私が辛いのです」

「わかった。淑蘭……」

頰を伝う桃霞の涙を、鷹叡は手巾で拭う。

（私が生かされている意味が……わからなくなってきている。淑蘭公主のためなのか……そうでないのか）

このところ、父が武官であったとはいえ自分が何故宮中にいたのか、宮中で働くことを許されていたのか謎に思えていた。

これまでは、自分の身に起きたことを深々と考えるのは無駄だと思えていたから、考えないようにしていた。

（誰でも、入り込める場所ではないだろうし……人手が足りないからと、呼ばれるほど、私は成長もしていなかった）

あの頃は必死で働いていて、やはり自分を省みる余裕などなかったが、小さな体では水を運ぶのも大変だったし、掃除や洗濯をするにも、役に立てていたとは考えにくかった。

それでも、ご飯を食べさせてもらえないなどという日はなかったし、温かく眠れる衾褥もあった。

仕事は辛かったけれど、生きていくには十分の環境だった。

父の思い出も、母の思い出もなかったけれど。

ぬるい涙が次々と桃霞の頰を伝う。

(今の……私は……)

俯けていた顔を上げ、桃霞は鷹叡を見つめた。見つめると見つめ返してくれる紅玉の瞳。今や彼を失ってはいきてはいけないとまで思うようになってしまっていた。

彼の手巾を借りて涙を完全に拭うと、桃霞は微笑んだ。

「怒ってしまい、申し訳ありませんでした。私のために、桃の花を……ありがとうございました」

「……あぁ」

ふたりの唇がそっと触れ合う。

先ほどまで四阿にいた蘭葉の姿は既になく、ふたりは四阿の椅子に腰掛け、互いに今日の出来事を報告し合い、池に咲く睡蓮の花が閉じる頃まで飽きることなく寄り添い、他愛のない話で静かに愛情を確かめ合った。

＊＊＊　＊＊＊　＊＊＊

翌日。

この日も、鷹叡が手習いをしている時間帯は蘭葉と共に離宮の散歩をすることにした。

「そうそう、昨日の淑蘭様のお話ですが、童子姿のときの月天子がよく行かれていた房室がわかりましたよ」

彼女の情報通には本当に頭の下がる思いだった。

「もうわかったの。早いのね」

「行かれますか？　北の奥のほうにある場所なので行かれるなら輿をご用意します」

「そうね。見てみたいから、お願いできるかしら」

「かしこまりました」

胸の奥が突然痛んだ。

なんだろう？

童子の姿だった頃の鷹叡が〝来るな〟と警告しているのだろうか。

（……まさかね）

輿はすぐに用意され、桃霞と蘭葉は北にある房室へと向かった。

桃霞の居住する房室からは遠い位置にあったため、一旦外に出て輿に乗って北の房室へと向かっているが、離宮の部屋は全て北から南まで廊下で繋がっていた。

やがて北の房室に到着して、桃霞は輿から降りた。

「……ここが……月天子が好まれていた場所……なの？」

何か気の流れがよくないように感じられた。

下界人の桃霞がそう感じるくらいであるのだから、蘭葉とて同じように感じていることだろう。

桃霞が振り返ると蘭葉は眉根を寄せる。

「そのように、聞きました。今のお姿になってからは一度もこちらには来られてないとのことですが……」

「……そう」

思い切って部屋の鍵を開けて扉を開け放つと、そこはなんの変哲もない房室だった。

赤い絹布が敷き詰められた床。

書机が窓際に置いてあり、花が活けられていない青磁《せいじ》の小さな花瓶がぽつんと書机の上にあった。

他にあるものといえば、棚に置かれた茶器と壁際に鶴と百花王が描かれた衝立があるくらいで、童子の姿をしていた鷹叡がここでどう過ごしていたのか想像もつかなかった。

うっすらと埃が積もった書机を見れば、仙人の儀以降誰も訪れていないと確信が持てた。

吊帯長裙の長い裾を翻し、桃霞は鶴と百花王が描かれた衝立の前に立った。

「月天子は鶴がお好きだったのね」

「そのようですね……茶器の内側にも、鶴の絵が描かれていますわ」

蘭葉が青磁の茶器を覗き込みながら言う。

そんな彼女の話を聞いているのかよくわからない様子で、桃霞が取り憑かれたように長い間鶴と百花王が描かれた衝立を眺めているものだから、蘭葉が微笑む。

「その衝立が気に入られたのですか？」

「……え？　あ……う、ん……そう……ね」

「月天子にお願いすれば、下賜してくださいますよ。今はもうご興味がないでしょうし」

「……そうね……でもまた何か言われそうだけど」

童子の頃の月天子が気に入っていたものを欲しいと言ったら、彼はなんと言うだろうか。

「そこは、百花王が見事な衝立を見つけたので、房室に置きたいとか……うまく仰せになればいいと思います」

童子の頃の鷹叡にすら彼が嫉妬してしまう、ということをすっかり覚えてしまった蘭葉は、そんな言い方を桃霞に教えた。

「……そうね、月天子はもうここの存在すら覚えてはいらっしゃらないでしょうから」

何の気なしに衝立の裏側を見てから桃霞は壁に視線をやる。

（あら……？）

なんとなく壁の色が他と違うように感じられた。

（もしかして……隠し部屋？）

鍵がかかっているという類のものではない。手を伸ばし、壁の周辺をこんこんと叩けばその色の違うところだけ音が変化した。

「どうかされましたか？　淑蘭様」

桃霞と同じように衝立の後ろを蘭葉が覗き込んだ。

「……この少し色の違う壁だけ……叩いたときの音が違うの」

「……もしや……隠し部屋……でしょうか？」

「……わからないけれど、ここから先は私たちだけで行ってはならないような気がするわ」

「さようでございますね……なんだかよりいっそう、気の流れがよくないように思えます」

「月天子に報告をして……その後のことは、月天子がお決めになると思うので、秘密にしておいてね」

「かしこまりました。淑蘭様」

桃霞は、ふうっと息を吐いて衝立の模様が見える位置まで戻った。

鶴と百花王が描かれた衝立の向こう側の世界で、彼は何をしていたのだろう。そして、何を思っていたのだろうか。

(気の流れが悪いように感じたけれど……この、なんとも言い難い感覚は……鷹叡様の悲しみや、寂しさだったりするのかしら)

本人がこの世界にいるのだから、気持ちだけがここに在るとも思えなかったが。

ゆっくりと振り返り、再び書机を見る。

——それでも、幼い姿の鷹叡が書机の前でぽつんと座っているような感じがしてしまった。

(……抱きしめてあげたいのに、もう〝あなた〟はいないのね)

桃霞は書机に積もった埃を手巾で拭い、自分の髪に挿してあった絹花の百花王を青磁の花瓶に入れた。

「淑蘭様がお傍にいれば、月天子は寂しい思いも、悲しい思いも……しません」

蘭葉が桃霞の行動を察するように、語った。

「そうだと……いいわね」

眦に溜まった涙を袖で拭ってから、桃霞は笑顔で振り返った。

「今日はもう戻りましょう。杏仁茶が飲みたくなったわ」

「かしこまりました。準備いたします」

房室に鍵をかけ、後ろ髪を引かれるような思いで桃霞は輿に乗り込んだ。

（鷹叡様……）

彼が残してくれた白翡翠の腕輪にそっと口付け、桃霞は自分が生かされている意味について再び思いを馳せていた。


――その夜。

鷹叡は桃霞の房室に来ていた。夜伽《よとぎ》のためだからと、女官らは既に下がらせていた。

彼は、美しく仕立てあげられた桃霞の婚礼衣装を満足そうに眺めている。そんな鷹叡の横顔を見ていると桃霞の唇も自然と綻んでしまう。

「ん？　どうした」

「何も。ただ、とても、幸せだと感じてしまうばかりでございます」

「私もだ」

鷹叡は振り返ると、桃霞の細い体をしっかりと抱きしめてくる。そんな彼の体に腕を回し桃霞も抱きしめ返す。抱きしめ合うだけでも心は満たされていた。

「……そなたは、例の宝物はまだ持っているのか？」

彼の問いかけに桃霞は顔を上げ、微笑んだ。

「白龍の鱗は持っております。龍の加護があるものですので。でも、月天子に書いていただいた紙は燃やしてしまいました」

「燃やした？　何故だ」

「もともと、仙人の儀以前に月天子がお書きになったものは残しておいてはいけないと聞いておりました。ただ殴り書きをしただけのものでさえも……それでも、いつまでも惜しんで手元に残してしまっておりましたが、やはり習わし通りにするのが良いかと思い……燃やしました」

本当はいつまでも手元に残しておきたかった。

けれど、白龍の背に乗るという話はもともとは鷹叡に手習いをすすめるためのものであったし、約束は果たされなくてもよいと思った。

あれがなくても白龍は覚えていると思えたし、何より、あの紙には淑蘭の名前ではなく桃霞の名が書かれてあったから、桃の花を彼が咲かせたと告げた晩に、燃やしてしまったのだ。

（本当は……暴いて欲しかったのかもしれないけれど）

彼を失いたくなかったから、桃霞は自分の名前を捨てることにした。今はもう字が読めるようになっている鷹叡が再びあの紙を見れば、名前が違うとわかってしまうだろうから
——。

「……そう、か」

「あの」

「ん？」

「今日は北の端にある房室に行ってまいりました」

「今度は北か。本当にそなたは離宮の隅々まで探索するつもりなのだな」

彼は唇の端を僅かに上げる。

「そこの房室で……隠し部屋のようなものを、見つけました」

「ほう？　それでそこには何があった？」

「……立ち入ることなく戻ってきましたので、何があるかはわかりません」

「せっかく探索をして面白そうなものを見つけたのに、何も見ずに戻ってきたとはな」

「月天子のお許しがなければ、入ってはいけないと感じたからです」

「そなたが見てはならぬものがあるのなら、房室の鍵を渡したりはしない」

「……それは……月天子がお忘れになってしまっているからです」

「〝秘密〟をか？」

鷹叡は桃霞の手を引き、臥室へと向かった。

臥榻を囲う薄い幕を左右に開き、桃霞を先に座らせ、自分も彼女の隣に腰掛けた。

「月天子は……何かを思い出しているのですか？」

「忘れてしまったことは何一つ思い出せない。大事な思い出も、辛い思い出も、そなたを苦しめたことも——私は、自分ひとりが楽をしているように思えてならないのだ。以前も、私はそなたに告げたと思うが、そなたが罰を受けなければならないというのなら、私がその全てを引き受ける。その気持ちは今も変わらない……だが、そなたは私の言葉を信じなかった」

「信じなかったのではありません……私の罰は私のものであり、月天子が受けるべきものではないからです」

「いつまでそのようなことを言い続けるつもりなのか？」

「……怖いからです」

桃霞が受けるべき罰を、全て引き受けると言ってくれた彼の気持ちは嬉しかった。けれど、その罰はやはり自分のものであるから、いつか罰を受ける日はやってくるのだ。罰を受ける日——それは、桃霞が鷹叡と離れ離れになる日のことだ。

ふっと溜息をついてから、桃霞は彼を見上げた。

「何故、私が信じなかったとお思いになったのですか？」

「私との約束が書かれた紙を、そなたが燃やしてしまったからだ」

「え？」

「そなたが触れられたくない内容が、あれには書かれてあっただろう」

「白龍の背に乗せる……という内容しか、書かれてなかったですが」

「そなたは字が読めぬ私に向かってこう言った。〝私〟が白龍の背中に乗ることを許すと書かれていると。〝私〟の部分は淑蘭と書かれていたか？」

「そ、それ……は」

「あのときの私は確かに字が読めなかったが、一言一句記憶している。燃やしたところで、もう遅い。そなたの本当の名は……」

「い、言わないでください！」

悲鳴のような声が臥室に響いた。

桃霞の制止が気に入らなかったのか、鷹叡の紅玉の双眸が細められる。

「そなた……私の逆鱗に触れたいのか？」

「ゆ、許してください……どうか……」

カタカタと全身を震わせている桃霞の耳元で、鷹叡が低く囁いた。

「童子の姿の私には全てを打ち明けて心を許したが、私には心は許せぬというのか？」

「……え？」

思いもよらないことを彼が言い出して、桃霞はただ驚いていた。

違う。そうではない。

童子の姿だった鷹叡は、何故かこちらの事情を知っていただけで、桃霞から話をしたのではない。話をする前に彼が優しく許してくれたのだ。

「ち、違います。私は月天子に自分の話をしたことなどございません。初めてお会いしたときから、月天子は私の全てをご存じでした。そして全てをご承知の上で、責めることなく私を許してくださったのです」

「許す？」

「わ、私……の罪を」

身代わり公主という桃霞を許し、崔国を許し、淑蘭の罪をも許してくれたのだ。

「……そなたが、庇い立てしているのは——女主人のことか？」

桃霞は黙った。黙れば肯定したのも同じだとわかっていたけれど、淑蘭を庇いたかったが、鷹叡に嘘もつきたくなかったのだ。

「ああ、もうよい。そなたの事情は全て許す。そなたが隠したがっていることも、庇い立てしていることも、全て許すし、守ってやる」

「……まも、る？」

「だから、隠すな。隠して苦しむな……そなたが私を信じられなくなった要因は私にあるのだろうけど、今一度、信じて欲しい。白龍は今、私の傍におるだろう？　あやつを使って信用を得ようとするのは口惜しいが、証明できるものがあるとするなら、それしかない——私はそなたを裏切った……のだろうが、白龍は裏切らなかった。だから、今、あやつが私から離れずにいる意味を……どうか考えて欲しい」

「月天子……」

「桃の花を……魂魄を使ってまで咲かせたかったのは……もう、そなたを苦しめたくなかったからだ」

鷹叡の言葉に胸がいっぱいになる。

ぬるい涙が頬を伝い、ポタポタと落ちていく。

「本当に……信じても？」

「信じろ」

「……私は、月天子から離れなくても、いいんですか？」

「そんな日はやって来ない」

桃霞は腕を伸ばし、鷹叡に抱きついた。

感情が溢れて彼の体に必死で縋った。

「鷹叡様……っ」

何度も彼の名を呼んだが、今の彼は突き放したりはしなかった。

優しく後頭部を撫でてくれる。

「名を呼ばれるのは、思いの外、くすぐったいものなのだな」

柔らかい声が頭上で響き、桃霞が顔を上げると彼がふわりと微笑んだ。

鷹叡が見せた最後の笑みと同じように――。

「鷹叡様、どうか、私に……名前を与えてください」

「ああ、いいだろう。可愛い私の妻に似合う愛らしい名を……桃霞」

紅玉の双眸が優しく見つめてきていた。

捨てた名前が戻ってきた喜びと、自分が自分に戻れた安堵に涙は止まることなくいつまでも溢れていた。

# 第六章　甘い独占欲

体への快楽はもうすっかり覚えこまされていた。〝彼〟を欲しいと思う欲求は、願いなどという生易しいものや可愛らしいものでもなく、もっと貪欲で生々しいものだった。

体の内側が、粘膜が、血が、滾《たぎ》るようにして彼を欲しがる。

外側の皮膚だけで触れ合うのでは足りない。触れ合いたいのはそこじゃない。体の奥から叫ぶようなそんな強烈な感覚が湧き上がってきて焦燥感を募らせた。

銀製の香炉からは典雅な香りがしている。

その香りが臥室全体を柔らかく包み込んでいて、その香は普段鷹叡が好んで使っているものであったから、嗅覚でも彼を感じてしまい、いっそう思いが膨らんでいく。

「……鷹叡……様」

手を伸ばし、求めれば応じてくれる愛しい腕。

逞しい腕が彼女の細い体に蔦のように巻き付き、逃さないようにしっかりと抱きしめてくれる。

「桃霞、私の妻」

鷹叡が柔らかい声で桃霞の名を囁いた。

再び彼がくれた〝名前〟は、もう二度と鷹叡の口から聞くことはないだろうと諦めたものだったから、心が喜ぶ。

――五感の全てで彼を感じ、愛しいと思う。

甘い溜息を漏らし、桃霞は鷹叡の後頭部をそっと撫でた。

「……そろそろ……その、ほ、欲しいです」

合わさっていた花びらは彼の指で開かされ、蕾《つぼみ》も膨らみきっていた。

桃霞の薄い下着はほとんど着ていないような状態で、中途半端に脱げかけている。露わになっている彼女の白い足やふっくらとした胸元を見つめながら、鷹叡は囁いた。

「もう少し我慢できないか？　もっと、そなたを味わわせてもらいたいのだが」

「これ以上……何を……？」

花びらから引き抜いた指を、彼はぺろりと舐める。

「そこを直接舐めたい」

言い終わると同時に鷹叡は桃霞の両足を開かせ、股の間に顔を埋めた。

鷹叡は蜜で濡れそぼったその場所を舐め始め、桃霞を驚かせる。

「ひ……、ゃ……あ」

他の場所を舐められる感覚とは大いに違った。

花芯を舐められると、腰が痺れるほどの甘美な感覚が全身に広がっていく。合わさった花びらを指で広げられ、入り口の部分を生ぬるい彼の舌で舐められても同じだった。

あんな場所を彼が舐めるなんて――と、戸惑いながらも、桃霞の全身は悦びで満ちていく。

大きな喜びや膨らみきった欲望に翻弄され、桃霞は指を紅唇にあてて体を震わせた。

（わ、私も……鷹叡様に触れたい）

手を伸ばし、自分の下腹部を舐めている鷹叡の耳に触れると、彼がひくりと震える。

そんな彼の反応を愛おしく思えて、銀灰色の艶やかな髪を指先で梳いた。

「……私も、鷹叡様のお体に触れたいです」

「……何を……？」

桃霞は房中術の書物の中に書かれていたものを思い出し、実践しようと思った。

繋がり合うまでは確かにあの書物は不要な知識だったかもしれなかったが、桃霞は起き上がって鷹叡の帯を解き、無防備になった肌に口付けていく。

やがて露わになった肉棒にそっと触れると、鷹叡が吐息を乱した。

「わ、私がこの場所に触れて、痛くは……ないですか?」

「あぁ……」

強く握るとその場所が大きく膨らむ。

緩やかに指で上下に擦っていると、長大なそれは更に大きさを増していく。

「……桃霞、なかなか……いいものだな。そなたに触れられるのも」

桃霞は房事に溺れてはならないと自分を戒めていたが、房事に溺れるということはなんなのだろうか? と思い始めていた。

体の快楽を互いに分け与え、心も体もひとつになる。

快楽で満たされることと、快楽だけに溺れてしまうことはきっと違う——。

「あ、あの……」

桃霞は頰を染めながらも、鷹叡の肉棒を口に含む許しを乞う。

「構わぬが、そなたにも触れさせよ」

「は、い」

自分がねだったことではあったが、恥ずかしい格好をさせられる。

寝ている鷹叡の体に跨がり、蜜源を彼の顔に向けなくてはならなくなってしまう。とても恥ずかしいと思えたが、鷹叡の肉棒を舐め始めれば、彼も桃霞の花芯や花びらを舐めてきて、羞恥心は奥底に沈んでいった。

「ん……ぅ……ン」

「……たくさん、溢れてきているぞ……」

「す、すみません……」

けれど、そういう彼も鈴口からは透明の液体が溢れてきていた。

「……鷹叡様も……その……」

気持ちいいのだろうか？　率直に聞いてみると彼は肯定する。

「ああ……凄くいい。そなたの口腔内もよいものだな……」

「ん……では、もっと……よくなっていただきたいです……」

彼の長大なものを全て口腔内に収めることは難しかったが、先端部を含んで桃霞は顔を上下に動かす。

鷹叡は吐息を乱しながらも、彼女に快楽を与えることは忘れなかった。

花芯を舐めまわし、唇でついばんでみては、花びらを開いてその中に指を挿れる。花芯と内側を同時に責められ、湧き上がる愉悦の大きさに桃霞の細い腰が震えた。

「ん……ふ……ん……んぅ」

「可愛い声で、もっともっと啼かせたくなったぞ」

「駄目……です……鷹叡様にも、もっと」

舌先で鈴口を舐めながら手を使って男性器を上下に擦っていると、突然体が反転させられて臥榻に押し付けられた。

「よ、鷹叡様」

「もう、堪らぬ……一度出すぞ」

両足を大きく開かされ、次の瞬間、鷹叡の肉棒が彼女の体を貫いた。

「あ、あああああっ」

「く……ぁ」

鷹叡の体がぶるぶるっと震える。

桃霞の体に挿入してすぐに達したようだった。

「ふ……そなたよりも先に達せられるとは悔しいものだ」

「な、何を……仰るのですか……」

「誰にあのようなことを習った？」

「しょ……書物で……」

「ほう、そんな書物があるのか……私も読まねばならないな」

「鷹叡様は、もう……じゅうぶんです……」

彼が腰を使い始めると、桃霞は快楽に震える。

鷹叡の首に腕を回し、しがみつくと彼はやんわりと彼女の耳朶を噛んだ。

「あ……あぁ……」

下腹部からは桃霞が受け止めきれなかった鷹叡の体液が漏れ出していて、香を焚《た》いただけではごまかしきれない淫猥な男の香りに桃霞は興奮させられた。

彼が自分の口淫で満足し、達した。けして上手ではないとは我ながら思えていたが、彼の体が自分の唇や舌で悦びを覚えてくれた証だと考えられて嬉しく感じる。

「ん……ぅ、鷹叡……さま……」

彼の肉棒は興奮冷めやらないままその形を持続し、桃霞の濡襞を何度も擦り、最奥を突いてくる。

「あ、あぁ……そこ……ン」

「いいか？」

彼女が感じてどうしようもない場所を、桃霞は既に自分では知っていたが、どうやら鷹叡も覚えたらしく、執拗にそこを擦ってくる。

「ああ……そんなふうに、されては……達してしまいます……」

「よいぞ。夜はまだ長い」

潤んだ瞳を鷹叡に向けると、紅玉の双眸が熱っぽく彼女を見つめていた。

「……鷹叡……様……ぁ」

桃霞は小さく喘いで体を硬直させた。彼女の宣言通り、桃霞はすぐに達する。

甘い快感が鷹叡の肉棒で生まれ、弾けたことさえも悦びだった。

「あぁ、なんて可愛らしい顔なのだ……もっともっと、乱れさせたくなったぞ……桃霞」

そう言って鷹叡は引き締まった腰をくねらせ、彼女の奥を刺激する。

桃霞は達してすぐだったこともあり、その律動でも再び小さな絶頂を覚えてしまった。

「あぁ……っ……」

彼が好きだ――と改めて思ってしまう。

鷹叡の声も、その美貌も、自分を虜にして快楽の底に沈める瑞々しい肉体も、全てが愛おしく、そして貪欲にその全てを欲した。

(私は……こんなに欲深い人間だったの――?)

まだ奥深いところで羞恥心が眠ってしまっているのをいいことに、桃霞は彼の腰に自分の足を絡めてより深い場所へと誘《いざな》った。

「……桃霞、あぁ……」

互いに深々と溜息をついた。

「……あなたが、愛しいです……」

「私もだよ、桃霞」

「……今日は……とても……その……よくて……」

「思う存分、感じればいい。私も、気が済むまでそなたを貪りたい」

「……はい、そうなさってください」

もっともっと深い場所で繋がって、熱を交えて溶けて、ひとつになってしまいたかった。そうすれば自分は永遠に彼のものになれるのに……。

「ん……ふ、ぁ……あ……あぁ……鷹叡、様」

甘えた声で彼を呼ぶ。

彼を抱きしめてあげたい――だけど、抱きしめてももらいたい。房事のことだけではなく、彼との全てが、桃霞にとっては初めてのものだったのだ。

誰かを慕うのではなく、愛したのも、愛されたのも。

欲しいと思ったのも、欲しいと思われたのも。

「よ、鷹叡様、もっと……深いところに……来て欲しいです……っ」

しっかりと抱きしめられたまま、突き上げられて挿入が深まった。

「あ……あぁ……っ！　いい……っ、もう駄目……駄目ぇ」

挿入が深まっただけで、激しく突き上げられたわけでも、揺さぶられたわけでもないのに、桃霞の目の前にはパチパチと火花のようなものが散った。

「今日は、随分……感じやすいのだな」

自分だけに向けられた愛しげな声音、艶めいた紅玉の双眸。涙が滲む瞳で鷹叡を見上げれば、彼は微笑んだ。

「気持ちよすぎて……もう、どうにかなってしまいそうです……」

「可愛いことを」

鷹叡はそっと桃霞に口付けて、体の動きを激しいものに変えた。

「あっ、あ……っ、あぅ……鷹叡様ぁ……あぁ……あああぁ」

「く……ぁ……はぁ……桃霞……あぁ……愛しい、そなたが、愛しい……誰にも……渡さぬ。そなたは私の后だ」

桃霞の左腕にある白翡翠の腕輪に鷹叡が口付けると、鮮やかな赤に変化した。

「あ……ぁ……腕輪、が……」

紅玉だ——と、意識《こんじき》を手放す寸前、彼女にも自分の腕輪の色が変わったことが認識できた。真っ赤な腕輪に金色の龍が躍る。

ぐいと腰を引き寄せられて小さな悲鳴と共に桃霞は達し、鷹叡は彼女の中で果て、結ばれていたふたりの体はやがて静かに解けていった。

＊＊＊　＊＊＊　＊＊＊

翌日。

朝餉の粥《かゆ》を食べながら、腕輪の色が変わってしまったことについて、桃霞は少し怒った顔で鷹叡に聞いた。

「……また、魂魄を使われましたね？」

「少しくらい、いいだろう」

「少し、で、こんなに色が変わったりするものですか？それに……龍までもが……」

白龍が悠然と空を飛ぶ姿に似た金色の龍が、紅玉の腕輪の模様になって現れていた。龍の傍には美しい牡丹唐草の模様もあった。

「そなたが身につけておくのに素晴らしい腕輪になったとは思わぬか？」

誇らしげに彼が言う。

「鷹叡様のそれは……独占欲ですか……」

ふうっと溜息をつきながら彼女が言うと、鷹叡が笑う。

まだ厭世的な感じは薄《うっす》らと感じられはするが、今はもう、誰が見ても笑っているとわかるほど、彼は美しく笑うようになっていた。

「独占欲なのだろうな。童子が必死になって、そなたの愛情を得ようとしているだけ……そんな私がそなたは哀れだとは思わぬか？」

「そういう言い方ってずるいです」

ふたりは卓子を間に挟み、向かい合いながら朝餉を食していた。

給仕をする蘭葉を含め、他の女官がいるため、鷹叡は桃霞のことを名前では呼ばないようにしていた。

「そういえば、昨夜、北の房室の話をしていたな」

「あ……はい」

「そこを見ようと思う。案内してくれるか？」

「……は、はい……」

不安そうにしてしまったのが彼にわかったのか、鷹叡は薄く笑む。

「何も案じるな」

「……はい」

そうだ。もう何も心配することはない。

彼に対しての不安は泡のように消えていて、今は揺らぎない信頼があった。

結局、桃霞の事情を深く追及してくることはなかったけれど、彼は許してくれると言ってくれて、守ってくれるとも言ってくれた。

(私……鷹叡様に、守られているのね……)

彼に対しては、また魂魄を欠けさせたことを怒ってはみたが、色の変わってしまった腕輪が、彼女には心強く思えてしまう。

鷹叡が自分を認めてくれたのだと感じることができたから――。

朝餉を食べ終わった早々、輿の準備をして鷹叡は桃霞だけを連れて北の房室へと向かった。

気の流れが悪いように思うのは、昨日と変わっていなかった。

そのことを鷹叡も感じて、眉根を寄せた。

「あまり、いい気分がしないな……」

「……そうですね。何故ここによく来ていらっしゃったのか……少し謎に思えてしまうほどです。房室の中も……同じです」

桃霞は鷹叡から預かっていた鍵を使い、房室の扉を開く。

「……」

房室内に足を踏み入れ、後ろ手に組んだまま、鷹叡はぐるりとその室内を見回した。

「あれはそなたの髪飾りだな？」

書机の上にある小さな青磁の花瓶に絹花の百花王が挿してあるのを、鷹叡がめざとく見つけて追及する。

「……花瓶に花がないのは、不憫《ふびん》に思えましたので」

ちらりと、何か言いたげな表情で鷹叡は桃霞を見る。

「だ、だって！　お可哀想だと思ったんです。もしも……このような気の流れの悪い場所でしか童子姿の……いいえ、〝あなた〟が安らげなかったのかと思ったら、何もしないでここから立ち去るなんてこと、私にはできなかったんです」

必死な表情で桃霞が告げると、鷹叡は微笑む。

「そなたは、言い方がうまくなってきているな」

彼はゆっくりと踵を返し、鶴と百花王が描かれた衝立に視線を移す。

「あれか」

桃霞が何か言う前に彼は何かを感じ取っているらしく、紅玉の双眸を細めた。

「はい、あの裏に……」

「昨日、そなたらはあの衝立を動かすことができたか？」

「え？　あ、いいえ。触れてもいません。ただ、衝立で隠された壁を見ただけです」

「そうか……まぁ、動かそうと思っても、動かせなかっただろうな」

鷹叡はそう呟くと、まるで何かを振り払うかのように右手を一度右から左に軽く振った。

するとその衝立が、彼の命令に従うかのごとく、ぱたぱたと音を立てて畳まれていく。

「あれには結界がかけられていて、容易に動かすことは叶わぬ。随分とした念の入れようだな」

「……誰も、近付けたくなかったからでしょうか？」

「そう、だな……この〝気の流れが悪い〟と感じてしまうのも、そういう術がかけられているのではないかと……思えるな」

「そうまでして、隠したいものが……鷹叡様にはあったということでしょうか」

「そなたは〝鷹叡〟のしわざだと思うのか？」

「え？　あ……」

なんとなくそう思ってしまっただけで、理由はなかった。

「……あの扉を開ければ、謎は解き明かされるのではないだろうか」

鷹叡が扉の前に歩み寄っていく。

彼が歩くたび、しゃらんしゃらんと、月帝の冠についている細い鎖状の飾りが揺れて典雅な音を奏でさせる。

——本当に、知らせてもいいものなのか。

ふいに、大きな不安が桃霞の胸に渦巻く。

「よ、鷹叡様、お待ちください」

呼び止める彼女の声に、鷹叡はゆっくりと振り返った。

「どうした？　怖気づいたか」

「……暴くべきなのかどうか……と、思ってしまいます」

「童子の姿の私はもういない。私はもう今更何かを恐れたりはしない……。解せぬのは、衝立には風龍陣。そしてあの隠し扉には水龍陣で結界が張られている」

「水龍陣……？」

風龍陣の結界が容易く破れるのは、鷹叡が風龍神であるからだ。

では、水龍陣は――？

「……童子姿の鷹叡様は隠し扉の存在をご存じだった……けれど、結界があったから中には入れなかった？」

「そうだろうか？」

「だって、鷹叡様は白龍月天子で……白龍は、風の龍神なのでしょう？」

「まぁ、そうなのだろうけれど……やってみなければわからないから、やるしかないだろう」

「お、お待ちください。やるしかないだろうと軽く仰せになりましたが、もしも結界が破れなかったら、どうなるんですか？」

「そうだな……術返しで、ただでは済まされないだろう。怪我で済めばいいほうで……陣の中に落とされれば永遠に囚われるか……」

「じゃあ、おやめください。そんな危険なことはしないでください！」

桃霞は隠し扉のある壁と鷹叡の間に立ちふさがり、両手を広げた。

「鷹叡様が怪我をされるのも嫌ですし、ましてや陣に囚われたら……第一、そうまでして開けなければいけない扉でもないのでは？　たまたま私が見つけてしまった、というだけのことで」

「……そなたは、この離宮に何かあると思ったから、探していたのだろう？　〝秘密〟を」

後ろ手に組んだまま、彼は桃霞の向こうにある壁をじっと見つめていた。

「もういいです！　私は……ただ、不安だっただけなんです。どうして童子姿の鷹叡様が、私が何も言わなくても私のことを全て知っていたのかと。それには〝方法〟があると思っていました。今、鷹叡様がその方法をお忘れでも、何かのきっかけでその方法を知ってしまえば、私の罪が暴かれると、思って……」

桃霞の言葉を黙って聞いていた鷹叡が、ふっと笑った。

「罪――は、そなたのものか？　違うだろう。女主人の罪をそなたが被っているだけだ」

「……もう、やめてください。お願いします。ここがそんなに危険な場所だなんて思ってもおらず、鷹叡様をお連れして……どう謝罪を申し上げればいいのかわかりません……でも、私は鷹叡様を失いたくないのです」

「本当に危険な場所は……果たして〝ここ〟なのだろうか？」

鷹叡は口元を歪めた。それが倦んだ笑みに見えて桃霞はぞっとさせられた。

（鷹叡様の……今の、表情は……）

見たことがある、と桃霞は思った。彼自身の表情ではなく、夢の中の女性の笑みと同じだった。

（あれは……本当に夢の中だけの出来事なの……？）

長い年月を生き続け、すっかり飽きて退屈を持て余し、下界を覗き込んで人々が領地を奪うために争う姿を哀れみながらも見て、病んで、鷹叡と同じ銀灰色の髪の女性は自身の置かれた立場を、どう思っていたのだろうか。

「……そなたは〝私〟から何か、聞いていたりするのか？　この、天界の……話を」

「い、いいえ。何も」

「では、何故、そなたの罪を暴く方法があると、思った？」

「……それは……」

単なる夢の話だ。

けれど、単なる夢でもないようにも感じられたから、桃霞は、探らなければならないとも思わされたのだ。

下界を見られる水瓶の存在を——。

俯いていた顔をキッと上げ、桃霞は鷹叡を見つめた。

「この壁を、開けないと約束をしてくださるのであれば、お話をします」

「ふむ……まぁ、よいだろう……どうしても開けたいと、私も思ってはいないからな……。桃霞、こっちに来い」

「は、はい」

桃霞が鷹叡の隣に行くと、彼は初めにしたときと逆の動きで衝立を元に戻した。

「さて、話を聞こうか」

鷹叡はにっこりと微笑んだ。

＊＊＊　＊＊＊　＊＊＊

「……単に、夢の中のお話だと思うのですが」

桃霞の話を聞きながらも、鷹叡は青磁の花瓶に飾られてあった彼女の髪飾りをひょいと持ち上げた。

「そ、その髪飾りは……」

「〝私〟を哀れんで、ここに置いていってくれたのだろう？　ならば、これは私のものも同然」

絹花の香りを優雅に嗅《か》いで彼は笑う。

「ああ……そなたの髪の残り香がするな。愛しい人の残り香は……こうも胸を切なくするものなのか」

「……あの、鷹叡様。私の話を聞くおつもりはあるのですか？」

呆れたように聞いてくる桃霞に対し、鷹叡は苦笑した。

「正直、迷っている」

百花王の絹花を眺めながら、鷹叡はそんなことを言い出す。

「迷う？」

「桃霞はまだ、私を疑っているか？　そなたの被せられた罪を私が知ったとき、私がそなたを捨てると思っているか」

「いいえ」

「だとするなら、もう、これでいいのでは？　と思う気持ちがあるのだよ。今、私は満たされている。それが変わらないのなら、もう何も知る必要はないようにも思えて」

「……鷹叡様」

「私は、臆病者だな――夢の話だとそなたも言っているというのに」

百花王の髪飾りを花瓶に戻して、彼は物憂げな視線を桃霞に向ける。

「よい、聞こう」

「あ、の……」

桃霞は自分が見た夢の話をそのまま鷹叡にした。

お腹の大きい銀灰色の髪の女性が、龍の絵が描かれた銀色の大きな水瓶から下界を見ていた話。そのとき、女性は誰かと話をしていたこと。桃霞は女性に対し畏怖の念を抱いたこと――そして、仙人の儀の前であったのにも拘わらず、夢の中の鷹叡は〝今〟の姿となんら変わりがなく、この夢には堕ちてきてはいけないと忠告し、悪夢から救ってくれたこと。

「……それは、本当に夢だったのだろうか」

書机に片肘をついて話を聞いていた鷹叡が、ぽつりと呟いた。

「水龍神の水瓶の話はつい最近聞いたばかりだ。下界を見られる力のことを水鏡の術というのだが、今は父帝の妹で水龍神でもある叔母上が病気で床に臥せっているため、使える者がいない。だから、水瓶は誰の目にも触れない場所に父帝がお隠しになられた——と」

「……鷹叡様は、蝶花様とお会いしたことは……？」

「いいや」

桃霞はちらりと、衝立を見る。

「……風龍陣の結界を、陛下が破ることは可能ですか？」

「無理だろう——父帝は天界を統べる者ではあるが、万能ではない。火龍神であるから、火龍陣であればその結界を破ることも可能だろうが」

「術で風龍陣の結界を張られたのは……どなただとお考えですか？」

「私だろうな」

「……では、水龍陣の結界は……蝶花様……？」

桃霞の質問に対して、鷹叡からすぐに返事がなかった。

厭世的な瞳で格子窓の外を眺め、沈黙が続く。

（私は……やっぱり暴いてはいけないことを暴こうとしているのかもしれない……）

「……そなたは、童子姿の鷹叡は、そなたの全てを初めから知っていたと申したな？」

「は、はい」

「そなたの女主人は……淑蘭という名前か」

「……はい」

「下界人だな？」

その質問にはすぐに返事ができなかった。さきほど黙ってしまった鷹叡のように——。

「正直に申せ。私たちは、もう何も変わりはしない」

鷹叡の手が差し出される。

桃霞は彼の手の上にそっと紅玉の腕輪が嵌められている左手を乗せた。手をぎゅっと握りしめられ、桃霞は息を吐いた。

「は、い。淑蘭様は崔国の公主で……下界人です。鷹叡様が側仕えでもあり、乳母でもあった朱葉様を下界にお戻しになったため、陛下が淑蘭公主を天界に——と託宣を」

「それで、天界にくることを拒んだ淑蘭の身代わりとなってそなたがここへ来た、ということか？」

「そうです。天馬の馬車が迎えに来た日——淑蘭様が行方不明になられたので、同い年の私が代わりに行くよう、今上帝が命じられました」

「父帝の命を背いたその罪は、そなたの罪か？　そなたが被らねばならぬことか」

「私は幼い頃に下位の武官だった父を亡くし、母も行方不明になって……親戚に頼れることもなく幼い頃から婢女として宮中で働いておりました。そんな私を妹のように扱ってくれたのが淑蘭公主で、あの方が私を側仕えとして傍に置き、優しくしてくださった。文房四宝をお与えくださり、書に触れる歓びを教えてくださったのも、淑蘭公主でした。琴や琵琶、公主が学んで覚えたことは全て私にも教えてくださいました。そのご恩をどう返せばいいのかわからなかった……ですが、身代わりになることでそのご恩を返せるとも思ったのです」

「父帝の逆鱗に触れて殺されるとは思わなかったか？」

「……殺されるのが、私だけであればいい……とは思いました。天の怒りが地に落とされなければいいと」

「そんなことは、私がさせぬ」

「ありがとうございます……でも、陛下も既にお気付きだと思います」

「……天界人の宋月快の縁戚であると偽りを述べさせてまで、そなたを私の傍に置かせたのだから、知らぬとは思えない……まぁ、父帝が何をお考えかは今はともかくとして……そういった下界の事情を私が知ることができたのは、やはり……水鏡の術を使っていた……としか考えられない」

「陛下の妹である蝶花様が水龍神であるがゆえ、甥《おい》の鷹叡様にその血が受け継がれ、お力も使えるように……？」

「……火は水を嫌い、水は風を嫌う……そして風は火を慕う」

「え？」

「叔母としての血縁関係だけならば、その力が私に及びはしない……なにゆえ、私は水龍神の力も継いでいる？　禁忌なのだ。火と水が交わることも、水が風と交わることも――その力がぶつかり合い、制御ができなくなる」

「力の制御が……できない？」

それはまるで以前の鷹叡ではないか。

「火の力を風が煽る。火は水を恐れ、より力を増幅させようと、暴走した」

ふっと彼の視線が衝立に向き、それに気が付いた桃霞は鷹叡に抱きついた。

「い、いけません！　壁を開けないと言うから、私は夢の話をしたのですよ！」

「桃霞」

「は、はい」

「叔母上がそのとき〝誰〟と話をしていたか、見たか？」

「いいえ、お姿は……」

「叔母上は身重だったと言ったな？」

「……はい」

「……その腹の子は……私ではないのか……？」

桃霞は答えられなかった。

腹が大きかったというだけで、彼女が産み落とした瞬間に立ち会ったわけではない。

――けれども。今となっては、鷹叡の姿は、蝶花が叔母だからという理由だけで済まされないもののように思えていた。

夢で見た蝶花の銀灰色の美しい髪は、目の前の彼の髪の色と同じだった。

『天界の掟など……とうに……破ってしまっているのに？』

弱々しい彼女の声。

天界の掟とは……？

『禁忌なのだ。火と水が交わることも、水が風と交わることも――』

禁忌を犯したのは、誰？

鷹叡が、単に叔母である蝶花の子であっても問題はなかった。けれど、彼は月天子であり、火の力も持っている。

火、すなわち火龍神の加護をも鷹叡は継いでいるのだ。

「……火と水は交わり、禁忌の子が生まれた。叔母上はもうここにはいない……おそらくは冥界に」

無表情なまま、鷹叡は淡々と語る。

「水を恐れた幼き火は、生まれ落ちるときに風龍神の力を借りて勢いを増した——水を……失わせるほどにな」

「鷹叡様の本当のお母様は玉麗皇后ではなく……蝶花様だったと……？」

「火龍は赤く、水龍は青く、風龍は碧《みどり》——それが本来の姿だ。風龍神の私の半身は何故白い？　銀に輝く鱗は……〝誰の色〟だ？　それをそなたは見たのだろう？」

「わ、私は……」

「叔母上の髪の色、禁忌の力。父帝は……偽りの皇后を傍に置いて欺いている……玉麗皇后を寵愛しているのではない……飾りの皇后を置き、偽の母親を演じさせているだけだ。禁忌を犯した代償は……大きいものだな。あの人は……愛する者を失ったのだ」

遠い目をしながら、鷹叡は鶴と百花王が描かれた衝立を再び見ていた。

「む、向こう側に……行きたいのですか？　鷹叡様は、蝶花様の水瓶をご覧になりたいのですか……？」

紅玉の双眸が桃霞のほうを向いた。

「今更、叔母上が実母だったと知っても、何も胸を打つものはない。なんの感情もこみ上げてはこない……不思議なくらい、何もだ。虚ろだと改めて思うだけで……こんなにも」

片腕で桃霞を抱き続けながら、彼はぼんやりと房室の中を見ていた。

「〝鷹叡〟にとって……水瓶は退屈を紛らわすための玩具に過ぎなかったのではないだろうか？　娯楽を知らず、学もない童子だったのだろう？」

「……忘れてしまうから……何もなさらずにいると仰せでした。で、でも、あの」

　ふっと桃霞は顔を上げ、鷹叡を見つめた。

「私と、遊んでくださいましたよ。蹴鞠をしたり……庭の花を摘んだり……碁《ご》を打ったりと私は毎日楽しかったです。白龍の背に乗りたいという私の希望を叶えるために、手習いもなさってくださいました。何もしないと決めていらっしゃったことを曲げてまで……だから、私は鷹叡様が空っぽだとは思いません。昔も、今も、いつだって、優しくて……皆のことを思っていらっしゃいます」

「……私はそなたのことしか、考えていない」

　彼は微笑み、そして再び衝立を見た。

「水龍陣は——おそらくは私が術をかけたのだろう。手習いで字を覚え読めるようになった私が、仙術の本を見て……仙人の儀の前に封じた。下界のことを誰にも見せぬよう……」

「今となっては……水鏡の術を使えるのは、水龍の加護がある鷹叡様だけですよね……？」

「そう、私は〝私〟に見せぬよう、結界を張ったのだ。封じることでそなたを苦しめないようにと……小賢しいことをする」

　紅玉の瞳が挑戦的な瞳になる。

「だ、駄目ですよ！　鷹叡様、やめてください」

「我《われ》がかけた術を、我が破れぬと申すのか？」

「あなたに何かあったら嫌だって、さっきから言っているじゃないですか！」

公主らしさも天界人らしさも見せずに、桃霞は房室に響くほどの大きな声で叫んだ。

「苛々するのだ、私がやったとはいえ、私に挑戦してきているとしか思えてならぬ」

「いつからそんなに好戦的な人になったんですか‼」

「仕掛けてきたのは、あやつぞ？」

「し、仕掛けるとかじゃないですって！」

「そなたの腕輪もそうだ。あれだって」

「だからといって腕輪の色や形が変わるほど、魂魄を欠けさせるのはやめてください！」

「……あやつの挑戦は、受けて立つ」

「ですから、鷹叡様ご本人じゃないですかっ」

「許せぬのだ。童子の姿でそなたを惑わし、あまつさえ、そなたと楽しく遊んでいたという事実が……」

「……は、ぁ」

「蹴鞠も花摘みも、碁を打つことも私はそなたとはしていない」

「なさりたいのであれば、なさればよいだけなのでは……？」

鷹叡は眉根を寄せて、突然立ち上がった。

「……鷹叡様？」

「そこで待っていろ」

彼が勢いよく房室から出て行ってしまったから、桃霞はぽつんと房室に取り残されてしまう。

（……童子の姿で私を惑わしていたと言うのなら、今のほうがよっぽど……）

子供っぽい行動に、呆れもするが、彼の心の成長が始まったのかとも思えたから微笑ましくもあり、愛おしくもあるのだ。

（いったい彼が何歳か知らないけど）

初めて出会ったときは十二歳、今は二十五歳くらいの姿をしているが、天界人としての実年齢は知らなかった。

ややあってから、鷹叡は両手いっぱいに目も覚めるような真っ赤な百花王を抱えて戻ってくる。

「そなたは美しい花神だ」

百花王も牡丹の別称ではあるが、花神もまた牡丹の別称だった。

牡丹は下界の歴代皇帝が寵愛するほどの美しい花である。今上帝も例外ではなかった。

その花に度々喩えられると、桃霞はどうとも言えず恥ずかしい気持ちにさせられるのだ。

「……わ、私は……その、そんなには美しくありません」

「何度も言うがそなた以上に美しい女人は他にはおらぬ。だから、誰のことも思ってくれるな。そなただけには、私だけを見ていて欲しい――我慢ならないのだ、そなたの心が一瞬でも他の誰かに向けられることが」

淡々と語るわけではなく、熱が籠もった鷹叡の感情の吐露に、桃霞は胸を打たれた。

「……いつだって、私は鷹叡様のことだけしか考えておりません」

百花王を彼から受け取り、桃霞は睫毛を濡らした。

「私はきっとあなたのために……生まれたのでしょう」

今までは、淑蘭のために生まれ、生かされてきたのだと思っていた。けれど、そうではないと考えさせられる。

「これほどまでに愛おしんでいただけて、嬉しくて堪りません」

「それは私も同じだ。桃霞」

彼女の瞳から溢れる涙を拭ってから、鷹叡は桃霞の紅唇に口付けた。

# 第七章　罠に堕ちて

葵殿の女主人になり損なった呂《ろ》李蓮は、自分の房室で赤い榻に腰掛け、絹団扇を優雅に扇いでいた。

「……なんとも許し難いことだのぉ」

濃い紫色の長衣には赤の蜀葵《からあおい》が刺繍され、髻に挿した金歩揺が豪奢に輝いている。耳元で揺れる金の耳墜《みみかざり》も精緻な細工がされていて、高官の娘がつけるのに相応しいものであった。

「おそれながら李蓮様……もう、月天子のことは諦めてくださいませ、あれほどの大怪我をなさったことをお忘れですか。冥界への扉が開かれる寸前だったのですよ」

天界では死に至ることを冥界の扉が開くと言う。

「あら、それでも月天子はわたくしの怪我を治してくださったではないの。今はもう火傷の痕もなく以前と同じ、真珠のように美しく瑞々しい肌を取り戻したではないか。天界一の美女として名高いわたくしの顔を、月天子はちゃんとご覧にならなかったのよ。わたくしが房事を急いでしまったからあんなことになっただけで、下界の娘などに負けてはいないわ」

鏡を手に持ち、李蓮は自分の顔をうっとりと眺めた。

本人が言うように、李蓮の美貌は天界の男性全てを虜にしてしまうほどであった。

真珠のような白い肌、艶やかな紅唇。すっきりとした目元を縁取る長い睫毛が妖艶で、どんな男性でも今までは自由にできていた。

「李蓮様、い、今は、淑蘭様は月天子のご寵愛も深く、陛下も淑蘭様は宗月快様の縁戚の娘というお話にされておりますので、大きなお声で下界の娘などと言っては陛下のお怒りにも触れます」

「おまえはわたくしの女官なのではないのか？」

飲みかけの白磁の茶器を、李蓮は香蘭に投げつけた。香蘭の女官服が茶で濡れる。

「も、申し訳ありません……」

「冷めた茶でよかったのぉ、香蘭」

ふん、と鼻を鳴らし、面白くなさそうに絹団扇を扇いだ。

別の女官が茶で濡れた床を拭き、転がっている茶器を片付けている。

「そもそも下界人ごときが天界に住み、同じように生活していることが我慢ならぬわ」

「その下界人をお呼びになったのも、陛下であるということを……お忘れになりませぬよう」

「それは月天子が力の制御ができず、天界人を害するから下界の者に世話をさせておったのだろう？　近頃は力の制御もできるようになり、天界人が月天子の世話をするのになんの問題もないと聞いておるぞ。だったら、下界の者は下界に帰せばよいではないか」

「……そのご判断をされるのは、陛下であり、月天子なのでは？」

「月天子は一度、乳母役の下界人を帰しているではないか。今回も、単に帰し損なっているだけではないのか？　房中術に優れた女なのかもしれぬが、わたくしも負けてはおらぬわ」

妖艶な瞳を香蘭に向け微笑む。

「理由をつけて帰してやればよい。ここは下界人の住む場所ではない。その女がいなくなって月天子のお体が寂しくなれば、わたくしがお慰めしようではないか」

「……淑蘭様は、婚礼の儀をお控えになっている身、ご本人がどうお思いでも、下界に戻るのは……難しいかと」

悠然と団扇を扇ぎながら李蓮が告げる。

「そなた、離宮には入ったことがあるな？」

「は、はい……お倒れになった月天子の臥室に入ることも、許されておりました……」

「離宮の侍女と通じることも可能だろう?」

「……私に、離宮へ行けと仰せなのですか」

李蓮はにやりと笑う。

「そなたには弟がおったのぉ?」

「……は、はい」

「そなたの答え次第では、父に頼んで史官にさせることも不可能ではないと思うのだが?」

香蘭は黙った。

天帝に背くことも月天子の意思に反することもしたくはない。

「……心配するな、ほんの少し、そそのかし、淑蘭を下界に落としてしまえばよいだけじゃ。淑蘭が下界に戻りたいと思う理由があれば、自ら望んで下界に降りるだろう。今は水鏡の術を使える蝶花様は床に臥せって起き上がれぬほどだと聞く。下界に落とした人間を……捜しだすことは不可能ぞ」

「ですが、天界から下界へと落とすのであれば、降りる場所は決められております」

「面倒だのぉ……だが、よいわ。とにかく目障りな下界人の姿を消してしまえ」

ぎらついた瞳で李蓮が香蘭を見ると、香蘭は静かに頭を下げた。

「……では、どのような策をお考えで?」

香蘭は震える唇を開き、彼女に聞いた。

「崔国の皇帝が危篤《きとく》だとでも言えばよい」

「……一度下界に降りて崔国にお連れするということですか？」

「誰が本当に崔国に連れて行けと申した。落とした後は放置してそなたは戻ってくるがいい」

「で、ですが、淑蘭様は崔の公主で……放置するのはあまりにも」

「まだ何か言うことがあったのか？　ああ、弟は史官よりも武官のほうがよいという話か？」

李蓮は愉快そうに笑った。

香蘭の弟は、気がおとなしく、剣を振るうよりも書物に触れているほうが好きな人物だった。

武官など務まらない。

それがわかっていて、李蓮は言っているのだ。

「か、かしこまりました……仰せのままに」

「すぐにでも離宮に行ってまいれ。そなたに菓子を渡す。葵殿を騒がせた李蓮からの礼だと言えばよいわ」

「葵殿のことも、今となっては禁忌の話で——」

「だからじゃ。離宮の侍女は誰も月天子には言わぬだろう」

「か、かしこまりました」

自分は何故――李蓮の側仕えになってしまったのだろう。

恐ろしさに体を震わせながら、李蓮の房室を出た。

下位の天界人として生まれ、可能な限り上を目指した。弟が歩むべく道を作ってやりたかったからだ。

今は香蘭の夢が叶うであろうときであるのに、気が重い。

望んでいたのは、こんな道であったのだろうかと思わされてしまって――。

＊＊＊　＊＊＊　＊＊＊

香蘭は李蓮に言われたとおり、たくさんの菓子を持ち離宮を訪れた。

離宮の女官たちが月天子を恐れ、倒れて眠っている間も何もできずに遠目で見ているだけだったから、そういったやましさがあるせいか、月天子の世話をいっときでもしていた（と、言っても臥室で彼の寝顔を見ていただけだったが）香蘭の訪問を彼女たちは受け入れた。

ましてや李蓮からの礼の品物を持ってきたと言われれば、断りきれはしないのだ。月天子である鷹叡の后がねに選ばれるほど高位の家であるのは、離宮で働く下位の者であっても知っているからだ。

「ちょうど月天子がご不在のときでよかったわ……」

離宮の女官が言う。

「今は……月天子はどちらへ？」

「陛下のところへ行ってらっしゃいます……それにしても、葵殿のことは禁忌のことであるのに……」

「……李蓮様がご自分のせいで、離宮の皆様にご迷惑をおかけしたからと……せめて、お菓子だけでもと仰せになって」

重箱の中には高位の者しか普段食せないような菓子がぎっしり入っており、女官たちは苦笑しながらも、香蘭の言葉を信じた。

「……できれば、あの……淑蘭様にもお会いしたいのですが……李蓮様より、書簡を預かっていて……淑蘭様には本当にお世話になり……お礼のお言葉が書かれたものでございます」

「淑蘭様でしたら今は四阿で琵琶の練習をなさっているかと……」

「お話は……難しいでしょうか」

「月天子がご不在の今でしたら……ついていらして」

女官はそう言って香蘭を四阿へと案内する。

彼女の後ろを歩いている香蘭は巻子を握りしめながら、体を震わせていた。

池の畔にある四阿からは美しい琵琶の音が響いていた。

遠目からでも琵琶を奏でる人物の美しさがわかるほどだった。

月天子が倒れてからさほどの時間は流れてもいないのに、淑蘭はその美貌に磨きがかかり、咲き誇る花のようだと香蘭は感じた。

（……淑蘭様のお傍には、やっぱり蘭葉がいるわ……）

蘭葉に知られてはならない。

月天子がいないのなら、尚更、今は淑蘭を離宮から連れ出す好機なのだから。

香蘭を見つけた蘭葉の表情が曇る。女官が蘭葉に説明をすると、彼女は大仰に溜息をついた。

「……駄目じゃないですか、葵殿のことは禁忌だと、お忘れではないでしょう」

「は、はい……でも、どうしても……皆様にお礼をと、李蓮様が」

「……あの御方はそんなに情が深い方だったかしら」

蘭葉は顔が広い。それ故に情報通でもあった。それに愚かなことをしない人物だと、月天子に認められたからこそ、下界からやってきた淑蘭の側仕えを命じられたのだろう。

蘭葉に疑いの目を向けられて、香蘭は巻子を持つ手が震えた。

(失敗はできない――弟が……人質に取られているようなものだもの……)

「……蘭葉、あまり香蘭を責めてはいけないわ。主人に言われれば、否《いな》とは言えないのが側仕えの女官ですもの。それに、香蘭にはお世話になったのだから」

淑蘭は琵琶を自分の横に置いて微笑んだ。そして彼女は四阿に座るよう香蘭にすすめる。

「ありがとうございます、淑蘭様……」

「いいえ、お礼を言うのなら私のほう。あなたが離宮を離れるときに礼も言わず不義理なことをしてしまって、ごめんなさいね」

「そ、そんな……恐れ多いことです」

香蘭は恐る恐る巻子を淑蘭に差し出す。

「これは、李蓮様が淑蘭様にと……葵殿の件に関する謝罪と……お礼のお言葉が書かれております」

「私に謝罪など……」

そう言いながらも淑蘭が巻子を受け取ってくれたので、香蘭は内心ほっとする。

「……できれば、今、読んでいただけると……」

「あぁ、そうね。返事が必要ってことね。蘭葉、私の房室から硯箱を持ってきて」

「かしこまりました」

蘭葉が立ち去ったのを見計らって、香蘭は「喉が渇いた」と言い、自分を案内してきた女官を一旦下がらせることにも成功した。

淑蘭は巻子の紐を解いている。

そこに何が書いてあるか、想像もしていないことだろう。

＊＊＊　＊＊＊　＊＊＊

桃霞は李蓮という人物を知らなかったが、蘭葉があまり良く思っていないのは彼女の話す内容からわかった。

巻子を開く前から、何か嫌な予感はしていたのだ。

香蘭が、喉が渇いたと茶を所望したことも要因になっていた。

巻子に書かれていた内容はこうだった。

『崔国の皇帝が危篤だと陛下のつてで聞いております。あなたのお父上の状態を月天子が淑蘭様に知らせることはないでしょう。あなたのお父上がそのような状態と聞き、心を痛めております。私にできることといえば、いっときあなたを下界に降ろすことぐらい。香蘭を共に下界へ付き添わせます。本来であれば天馬の馬車を用意したいところですが、婚礼前のあなたが下界に降りるとなると騒ぎになりましょう。天女《てんにょ》の羽衣《はごろも》をお貸しいたします。すぐにお父上のところに行って差し上げてください。　呂李蓮』

（……今上帝が危篤……？　これは、本当の話かしら……陛下からのつてで聞いたと書かれているけれど、今や下界の様子を知ることができるのは水鏡の術が使える鷹叡様のみ……）

淑蘭公主としてならば、血相を変えて下界に帰りたがるだろう。

（私が淑蘭公主かどうか……疑われている？）

鷹叡にこの話をしてしまえば、あの壁の結界を破ろうとするだろう。ほぼ間違いなくあの壁の向こうに水龍神の水瓶はあると思えた。

（……駄目よ……鷹叡様に危険なことはさせられない）

だとすれば、真実を知る手立てがなかった。

そして自分が淑蘭として振る舞うのであれば、答えはひとつしかない。

「……香蘭、下界には……降りられるの？　天女の羽衣だけで」

「私がお導きをいたします……お急ぎくださいませ……蘭葉は、婚礼前のこの時期に、下界に降りることを反対するでしょう」

「……そう、ね」

桃霞は巻子を巻き戻しながら迷った。

鷹叡に危険な真似をさせたくない。けれど、自分に万が一のことがあって彼をひとりぼっちにはさせたくない。今の彼は孤独を嫌う。

（……もしも……のことが、なければいいのに）

桃霞は巻子の紐を縛り、腰から下げている布袋にしまうふりをして、四阿の卓子の下に巻子を転がした。

「行きましょう……香蘭」

巻子のありかを気付かれないうちにと桃霞は香蘭を急がせた。

香蘭のほうも、急いでいる様子だったため、ふたりは早々に四阿を出て裏門より離宮から出た。

裏門の門番は眠っている。

おそらくは香蘭が眠り薬入りの飲み物か何かを飲ませたのだろう。準備万端な様子に桃霞は溜息が漏れた。

（何もなければ、それでいいと思っていたけれど……）

自分はきっと、鷹叡を危険な目にあわせるのだろう――。

香蘭から羽衣をつけられて、ふたりは雲の切れ目から下界へと舞い降りた。

辿り着いた場所は、案の定、崔国の宮殿でもなければ〝崔国〟でもなかった。

崔国には海がない。

それなのに、桃霞が降ろされた場所は浜辺だった。

桃霞が何か言うよりも早く、香蘭は桃霞の羽衣を奪った。驚きはしない。ああ、やっぱり……と思うばかりだった。

「……香蘭……私は、あなたも、あなたの主である李蓮様も、庇い立てすることはできないわ。ごめんなさいね」

「そ、そんなふうに仰っても、月天子には淑蘭様がお望みになったから下界に降りるお手伝いをしたと述べるだけです！」

香蘭はしっかりと天女の羽衣を抱きしめながらも震えていた。

彼女はただ命じられたただけだ。

桃霞は哀れむように香蘭を見つめる。

「……その言葉を月天子が信じてくださればいいわね。さぁ……戻りなさい」

桃霞が何もうろたえない様子を彼女は不審《ふしん》そうに見つめながらも、自分は天高く空を飛び天界へと戻っていった。

桃霞は、ふうっと溜息をつく。

「鷹叡様……ごめんなさい」

せめて自分が偽者の公主でなければ、こうなることがわかっていながら下界に降りることなどしなかったのに、と思った。

（久しぶりの下界ね……どのくらいの時間が経過しているのかしら）

初めて見る海。

波が押し寄せては引いていく。

（初めて嗅ぐ匂いだわ……）

潮の香りを知らない桃霞は、匂いも、そしてこの海の広さにも驚かされていた。池や湖はあるが天界にも海があるのだろうか？

どこか休める場所はないだろうかと、浜辺の歩きにくさに苦労しながらも歩き続けていると、打ち上げられた海藻を見つける。

（あれは……食べられるのかしら）

昼餉の前に香蘭がやってきたので、桃霞は少しだけ空腹だった。

（昼餉の時間には鷹叡様がお帰りになることを、知っていたのかもしれないわね）

月天子でありながら、彼は桃霞の毒見係であったから、彼を抜きにして食事はできなかった。

海藻を拾おうとしたとき、後ろから女性の声が響いた。

「まぁまぁ！　どうなさったんです？　綺麗なお召し物を着ているお嬢様が共も連れずに」

桃霞が振り返ると、やや年配の身なりが整った女性が籠を手に驚いた表情でいた。

「ええっと……その……ちょっと、迷子に」

どう答えていいのかわからずに桃霞が左手を頬にあてながら答えると、紗の長衣の袖が捲れ紅玉の腕輪が露わになった。

その腕輪を見て、女性の顔色がさっと変わる。

「……〝お迎え〟は、いらっしゃるのですか？」

「ええ……たぶん……でも……どうかしら……」

鷹叡はきっと水龍陣の結界を破れるだろう。信じている——が、不安もあった。もしも術返しで怪我をしたら？　陣に囚われてしまったら？

「そ、そうですよね……何もなしに、こんな場所に〝お戻し〟になるはずは……」

「え？」

「お迎えが来られるまで、私の屋敷で待ちませんか？　あなたのようなお嬢様がこんな海岸にひとりでいて人さらいにでもあったら大変ですわ」

彼女が信用できる人間かどうかは判断できなかったが、とりあえず、彼女が言う人さらいは嘘ではないと思えたので、彼女の屋敷に行くことにした。

綺麗な花が咲く小さな庭付きの屋敷に足を踏み入れると、ふと、桃霞は違和感を覚える。

（……なんだろう……この感じ）

嫌な感覚ではない。むしろ愛しい——。この屋敷全体が、何かに守られている感じがしていた。

「この海岸は、よくお嬢様が迷子になるんですかねぇ……以前も、綺麗なお召し物を着ているお嬢様を拾いましてねぇ」

「拾う？」

「行くあてがないと仰いましたし、私も〝これから〟ひとりで暮らすのも……と思っていたので、それからずっと一緒に暮らしているんですよ。偶然、私の娘と同じ名前だったので、それも何かの縁かと」

「……そうなんですか」

ギュルルル。突然お腹がなった。

——というのも、屋敷の中はなんとも美味しそうな香りが充満していたからだ。

「まぁ、お腹が空いていらっしゃるんですね？　丁度よかった。私たちも食事にしようと思っていたところなんですよ」

女性と一緒に広間に入ると、既に円卓には食事が並べられていた。

中央には果物。海老、煮魚、粽《ちまき》、包子《まんじゅう》どれも美味しそうだった。

「もう！　おば様、お帰りが遅いから心配したじゃないですか」

「ああ、桃霞、ごめんなさい、待たせてしまって」

青い生地に花柄の刺繍がされている襦裙を着た若い女性がひょっこりと顔を出す。

（桃霞って……私と同じ名前なのね……それに、なんだか……見たことが……あるような……？）

女性が桃霞のほうを見ると、彼女の表情が固まった。

「……あなたは……桃霞？」

「え？」

何故彼女が自分の名前を知っているのだろうと思うのと同時に、彼女に抱きつかれた。

「ごめんなさい……ごめんなさい……桃霞……っ」

「え、あ、あの……」

桃霞が困っていると、彼女はゆっくりと体を起こし、そして名乗った。

「私は……淑蘭よ」

今度は桃霞が固まった。

彼女は淑蘭と名乗った？　あの——淑蘭公主なのだろうか？

ふたりの様子を静かに見守っていた女性は、彼女たちに声をかける。

「……まぁまぁ、おふたりとも、とりあえず、座って食事にしましょう」

料理を囲んで三人は座る。

お茶は〝おば様〟と呼ばれた女性が淹れてくれた。

「私……おば様にも、嘘をついていました。私は香桃霞ではなく、宋淑蘭という名前なのです。崔国の公主でした」

桃霞は不思議な気持ちで彼女を見つめた。同い年だった淑蘭が随分と面変わりしてしまっていたからだ。

時間の流れ方が、天界と下界ではこうも違うとは。

「淑蘭公主は……崔国には……戻られなかったんですね」

「戻れるはずがないわ……逃げてからもずっと、捕まえられるんじゃないかと、怯えて暮らしていたわ。でもあるとき……風の噂で、あなたが身代わりになったと聞いて……私は自分がしでかしたことの大きさを初めて実感したわ」

淑蘭の瞳からはぼろぼろと涙が溢れていた。

「あ、の……」

おば様の手前、桃霞はどう声をかけていいのかわからずにいると、おば様も重たい口を開いた。

「もともとは、私のせい……ね。託宣がくだったのでしょう？　淑蘭公主に」

「どうしてそれを？」

泣き続けている淑蘭の代わりに桃霞が尋ねると、彼女は苦笑した。

「私が、月天子の乳母だったからよ」

「ええええええええ！！！」

桃霞は驚きのあまり椅子から立ちがってしまった。

手した。

「あ、あなた様が、朱葉様……？」

「ええ、私が、香朱葉……天界から逃げた下界人よ」

「に、逃げただなんて」

桃霞はこの状況をどうしたものかと、大きく息を吸ってから吐き出し、床に膝をつき拱手した。

「……淑蘭公主におかれましても、お元気そうで何よりでございます。朱葉様もお元気そうなご様子で、さぞや月天子もお喜びになられることでしょう」

朱葉は苦笑した。

「……いいえ、私は……恐れてばかりで、何もできなかった。あの方から下界に戻るように言われたとき、どれほど嬉しかったか……もう側仕えはいらないからと……月天子は仰せだったのに……違っていたのね」

「それは天帝陛下が必要だと判断なさったからです……月天子自身は、私にも〝下界に帰れ〟とはっきりと仰せになりました。もう乳飲み子ではないから、ひとりで生きていけると……でも」

桃霞は俯いた。もう下界には帰るところがなかったからと言えば淑蘭が傷付くだろう。稚い月天子が可哀想だと思ったと言えば朱葉が傷付くだろう。

「私が選んだのです。天界に住んで、ずっとずっと、月天子のお傍にいようって。きっかけは色々あったのかもしれません、でも、私が自分で選んで決めたことです。ですからおふたりにはなんの罪もありません」

最初の言い訳は全部忘れた。

今はただ、自分が彼の傍にいたいだけだ。独占したいだけなのだ。

あの美しい貴人を――。

「……私は月天子が大好きなんです」

桃霞が微笑むと、朱葉が眦に涙を滲ませた。

「……月天子は、朱葉様のことが大好きだったと思います……この屋敷……月天子の気を感じます。優しい風の気。彼の結界……風龍陣がここを……朱葉様を守り続けているのではないかと思います……」

「……え？　結界……が？」

「はい」

衝立にかけられた結界とも違う、包み込むような優しい……そんな結界がこの屋敷にはかけられているのだと、桃霞は確信していた。

「思いがけず、おふたりとお会いすることができて、大変嬉しく思っております」

本当の気持ちだった。淑蘭に対しても朱葉に対しても、恨みを抱くことなどなかった。

むしろ、鷹叡との出会いを作ってくれたと思えば、ただありがたい気持ちしか心の中にはなかった。

「……天地神明……月天子は天の神が我らならば、下界にも地の神がいらっしゃると仰せになりました。地の神の思し召しで……私たちは会うことができたのでしょう。地の神にも感謝の言葉を……」

桃霞が頭を垂れると、淑蘭が震える声で言った。

「ありがとう、桃霞」

朱葉も眦に溜まった涙をそっと拭ってから、桃霞に告げる。

「桃霞さん……ありがとう」

感謝の言葉が溶けて優しくそれぞれの心に染みこんでいった。

「それでは……あの、私、とってもお腹が空いているので、お食事をいただいてもよろしいでしょうか?」

「もちろんよ、さぁ、食べましょう」

桃霞は淑蘭が作った食事をお腹いっぱい食べた。

不思議な気持ちだった。自分の主が作ったものを自分が食べているだなんて——。

三人はこれまでのそれぞれが体験した色んな話をしながら食事をした。

特に、鷹叡の乳母であった朱葉の話は興味深いものだった。

「……私がもっとあの方に対し、親愛の情を持って接してあげられればよかったのですが

「……」

悔やむように言う朱葉に、桃霞は微笑んだ。

「月天子は朱葉様を大事に思っていらっしゃったと思います。だからこそ、ご自分が全てを忘れてしまう前に、朱葉様を下界にお戻しになったのだと思っております」

「……そう」

朱葉も微笑んだ。


そうして、桃霞が朱葉の屋敷にやってきてから二晩のときが経った。

「……お迎えがいらっしゃらないわね」

淑蘭がそんなことをぽつりと言うものだから、桃霞は不安にさせられた。もしかしたら、水龍陣の結界を破ることに失敗したのだろうか？　と思わされて。

「天界と下界では時の流れが違います。それに、天界から降りてくるときは、一度は必ずこの地に降りる決まりがあるので、ここがわからないということはないです」

今度は朱葉がそう言う。

「そうなんですか？」

「ええ。むやみに天界人の姿を下界人に見せてはいけないので、よほどのことがない限り、下界に降りるときはこの場所と決められているのです」

「……そうだったんですか」

だとするなら、鷹叡が水鏡の術を使わなくてもここに辿り着くことができるのだろうか。

「さぁ、朝餉をいただきましょう」

朱葉の言葉を合図とするようにして、桃霞が箸を持ったところで、一陣の風が吹いた。

桃霞の髻に挿してある簪が揺れて、雅な音を奏でる。

「食事の前には、私が毒見をすると決めているだろうが」

風と共に現れたのは白龍月天子――鷹叡、その人だった。

銀灰色の美しい髪、紅玉のように輝く瞳。

完璧なまでの美貌の持ち主を見て、桃霞は立ち上がった。

「鷹叡様‼」

突然姿を現した貴人に、桃霞は駆け寄り抱きつく。

「大丈夫でしたか？　どこもお怪我は？」

「……それは、こちらの台詞《せりふ》だ」

大仰に溜息をつく彼を見上げて、桃霞は確認するように聞いた。

「水龍陣は……」

「あれは容易かった。だが、あの水瓶は駄目だ。気味が悪いし、なかなか下界を見せてはくれなかった。それにこの屋敷はなんだ？　結界のせいでそなたを見つけるのが遅くなったではないか。水鏡の術で何とか見つけられたが」

「あー……なんて言いますか……これも、鷹叡様が」

「またあやつか」

忌々しげに吐き捨てる彼に、朱葉は目を丸くさせていた。

「あ……あなた様が……月天子？」

朱葉を覚えていない鷹叡は、紅玉の双眸を細めた。

「……そなたは……あれか？　あぁ」

何かを言いかける鷹叡に桃霞は驚かされる。

「鷹叡様、童子姿のときのことを思い出されたのですか？」

「それは思い出せないと、何度言えばわかる。そこの女人はそなたの行方不明の母ではないのか？」

「――え？」

思いがけないことを鷹叡が言い出し、桃霞は朱葉を見た。

「朱葉様が……私の、お母様？」

そういえば、朱葉は最初に娘と同じ名前の女性を拾ったと言っていた。

そして、淑蘭は香桃霞と名乗っていた。

「そなたと同じ気を感じるが。違うのか」

鷹叡は無表情のまま、そう言う。

「お、お母様……？」

驚いてなんと言えばいいのかわからない。

それは朱葉も同じようだった。

朱葉が桃霞に手を伸ばしかけたとき、鷹叡がさらうようにして桃霞を抱き上げた。

「よ、鷹叡様っ!?」

「……帰るぞ。いいな」

「……はい」

屋敷の外に出ると、天馬の馬車が用意されていた。

屋敷の上空には白龍が悠々と泳ぐように飛んでいる。

鷹叡に抱え上げられたまま、扉のほうを見ると、朱葉と淑蘭が立っていた。

「置いて帰らぬぞ」

ぼそりと告げる鷹叡に、桃霞は微笑んだ。

「そうしてください」

そして、桃霞は右手を上げて朱葉と淑蘭に手を振った。

「おふたりとも、お元気で。淑蘭様、申し訳ありませんが、母のことをよろしくお願いします」

淑蘭は小さく頷き、朱葉は深々と頭を垂れた。

天馬の馬車に乗るのは二度目だ。

一度目は、身代わり公主として。

そして今は――なんだろう？　目の前に座る鷹叡を見ながら桃霞は微笑んだ。

「すみません……私のせいで無理をさせてしまいました」

「水龍陣の結界は解けると最初から言ってあったろう」

「本当にどこもお怪我はないですか？」

「ない」

「よかったです」

「……そなたこそ、罠だとわかっておきながら、無茶をするな。今回は単に下界に落とされただけで済んだが、そなたは天界人より弱い体であることを忘れるな」

「巻子は見つけていただけましたか？」

「あぁ、蘭葉がな――あれを証拠に……」

「え？」

「……もう、罰はくだされた。李蓮の一族……呂家の者は全て冥界へ落とされた」

「め、冥界に？　香蘭は？」

「許されるはずはないだろう。どんな事情があっても月天子たる私の后に危害を与えたことは重罪だ」

「……そうですか」

庇い立てはできない。桃霞も確かにそうは言ったが……。

俯いてしまった彼女に向かって、鷹叡は話を続けた。

「罰については父帝が言い渡した。私もその場にいたが……父帝は彼らになんと言ったと思うか？」

「わかりません」

「呂家の者は全員、我が后の側仕えとする、生涯尽くせ――と言って冥界の扉を開けた」

「……我が、后……」

「私が水鏡の術が使えることは父帝に知られた。だから、父帝も、私に真実を隠すつもりはなくなったのだろうな」

「では、やはり……蝶花様が……鷹叡様の」

「そうだな」

「――その場にいたのは……」

「呂家の者と香蘭。父帝、皇后、私――だ」

「玉麗皇后は、蝶花様とのことをご存じだったのでしょうか」

「そうだろうな。飾りであっても皇后の座が欲しかったのか、一族のためか……わからぬがな」

「……私、やっぱり……色々探ることで、鷹叡様に辛い思いをさせてしまったんですね」

「母のことか？　構わない。誰が誰を愛して、どうなったという話には興味がない――理由がわかれば、己の中の暴れている力の制御もしやすくなる。よもや火、水、風全てを持たされているとは思ってもいなかったが……」

「禁忌の力……ですか……。暴走はせずに済みそうですか？」

「そなたが無茶をしなければ、何も起こらない」

「……その言い方ですと、もう……既に……？」

「北の房室の屋根がなくなった。まぁ、風通しはよくなったな。あと、四阿も風で吹っ飛んで跡形もなくなった」

「……そ、そうですか。燃えたのではなく、風で？」

「白龍も暴れたからな……」

「……すみません」

「もう、いいだろう？」

「え？」

ふうっと彼は溜息をつき、それから魅惑的な微笑みを向けてくる。

「女主人の所在もわかった。行方不明の母も見つかった。もう下界に何も思い残すことはなかろう?」

「……思い残すことは、もともとありませんよ……だって、私が選んだ道なのですから」

「強がるな。女主人のことは度々思い出していただろう?」

鷹叡の言葉に、桃霞は再び俯いた。

淑蘭がどうしているかと思わなかった日はなかった。

それは淑蘭もそうだった。桃霞が身代わりになったことを嘆き、長い年月罪の意識に苛まれ続けていた。

淑蘭もまた自分の名前を捨てて桃霞と名乗っていたとは思わなかった。

だけど、どうかもう苦しまないで欲しかった。

「縁とは……本当に、不思議なものですね。朱葉様が私の母で……その母のところに淑蘭様がいらっしゃって……」

「そしてそなたは、私の后になる」

桃霞は微笑んでから顔を上げた。

「夢のようなお話ですね」

「……のほほんと笑うな。そなたはまったく……私がどれほどの思いでいたか、想像をしのかを思い知らせてやる」

「そなた、天界に戻ったら覚えておけ。月天子たる私の命令に背くことがどういうものな

「そ、それも……すみません……」

「離宮の門を出るなという命令には背くし……」

「す、すみません……」

ないのか」

＊＊＊　＊＊＊　＊＊＊

離宮に戻るとすぐに桃霞は鷹叡の臥室に連れて行かれて、彼女が身に着けていた綿雲《わたぐも》のように柔らかい披帛は鷹叡によって、桃霞を後ろ手に縛る道具にされた。

「よ、鷹叡……様？」

その上、彼は目隠しもしてきたため彼の表情がわからなくなり、不安にさせられた。

「不安か？」

抑揚のない声で問われる。

「は、はい」

「そなたは、私を信じたのだろう……私の力もな。私も信じていた。私には力があり、水

龍陣の結界など容易く破れると——そなたが隣にいたあのときは、確かにそう思っていた。だがどうだ？　そなたがいないと何もできる気がしなかった。北の房室のあの衝立にかけられた、風龍陣の結界でさえ破れる気がしなかった。何も見えない、身動きが取れない——身がすくむ。不安なのか恐れなのか、何かわからぬもので私は縛られた。恐れを覚えたのは自分の身の危険を感じたからではない。私が失敗をすれば永遠にそなたを失うと思ってしまったからだ」

「……鷹叡様……」

ふっと彼の気配が消えてしまった。

臥室から出て行ってしまったのだろうか？　なんの音もしなかったから今の状況が掴めなかった。

そんな状況がしばらく続いた。

「よ、鷹叡……様？　い、いらっしゃらないんですか？」

桃霞の問いかけに返事はなかった。彼女は息を殺し、鷹叡の気を感じようと気配を探ったが何も感じられない。

場所が鷹叡の臥室であることはわかっていたけれど、手を縛られ、目隠しをされた状態で放置されると、不安で心がどうにかなってしまいそうになる。

（寒いわ……）

普段、天界にいてあまりそう感じたことはなかったのだが、今はとても寒く感じられた。寒さの原因は彼の気が感じられないからだ。

下界に落とされても、すぐに朱葉に助けられて、鷹叡の結界に守られている屋敷にいたから怖いとは思わなかった。

膝が震えて立っていられなくなり、その場にへたり込む。

（寒い……）

体感的な温度は変わっていないはずなのに、どんどん寒くなっていく。

桃霞の体が小刻みに震え始めた――そのとき。

「失礼いたします、食事をお持ちしました。鷹叡様」

「……あぁ、入れ」

鷹叡の声が聞こえて、桃霞ははっとさせられた。

彼はずっとそこにいた？　けれど、声は確かにしたのに気配がまるで感じられない。

「しゅ、淑蘭様!?　月天子、これはどういう」

桃霞の姿を見て、蘭葉が驚きの声を上げた。

「淑蘭に罰を与えているところだ。食事を置いたら早々に下がれ」

「淑蘭様に罰をお与えになるのであれば、まずは私に！　こ、今回のことは淑蘭様の傍から離れた私に責任がございます」

「いいから下がれと言っている、呼ぶまで全員私の房室から出ているように」

「ですが」

「くどい」

「……失礼……いたします」

扉が閉まる音が聞こえた。

臥室には香が焚かれていて、香りを頼りに鷹叡の近くに行くこともままならない。

（……今も、いらっしゃるの？）

気配がないからわからなかった。

ふいに体を抱きかかえられて、臥榻に座らされた。衾褥の感覚があったような気がしたからそう思ったが、違うかもしれない。

「……よ、鷹叡……様……？」

腰を抱きかかえられ、彼の体の近くに寄せられる。

「朝餉がまだであったろう？　食べさせてやろう」

彼はそんなことを淡々と言って、桃霞の口元に粥を運び食べさせた。

（……今は、気もちゃんと感じられる……）

それは抱きかかえられているから、感じられるようになったのではないと思えた。彼は意図的に気配を消すということも可能なのだ。

粥を食べさせ終えたのか、匙《さじ》を置く音が聞こえた。

「なかなかよいな……もう、ずっとこのままにしておこうか。そなたの自由を奪っておけば、そなたはどこにも行けない」

「け、気配は……消さないでください……お願いします」

縛られていても、目隠しをされていても、彼がそうしたいと望むならこのままでも構わなかった。ただ、耐え難いのは鷹叡の気配を感じられなくなることだ。

「……怖いか？　私がいないと感じるのは」

「こ、怖い……怖いです」

「そなたが感じた恐ろしさと私が感じた恐ろしさは、同じだ……桃霞」

唇に温かい感触を覚えた。

口付けられた――そう思った次の瞬間には、目を覆っていた布が外された。

「離れるな……桃霞、そなたなしでは、私は何もできない」

ゆっくりと目を開けて、鷹叡を見つめる。

紅玉の双眸は再び厭世的になっていた。

「離れろ、どこかへ行けと言われても、無理です。私も鷹叡様がいなければ、自分が生きている意味が見いだせません」

彼の指が優しく桃霞の頬を撫でる。

「私は自分がうっかり言ってしまったことを後悔している、そなたの父は亡くなり母は行方不明になってしまったと言っていた。けれど、あの場にいた女人がそなたの気と同じだったから、真実を述べてしまった。それは私には父や母を慕う気持ちがなかったからだ……でも、そなたは……母を恋しいと思ったりは……しないか？」

鷹叡の手が震えているように感じられた。

母が生きていると知っても、何も思わない——とは言えない。だからといって鷹叡と離れ離れになってまで、母と暮らしたいと思う気持ちは芽生えなかった。

「後悔を……なさらないでください。私は、母が無事に生きていることを知れて嬉しかったのですから。それに、鷹叡様のお傍を離れて母のもとへ行きたいとは望みません」

桃霞は鷹叡の胸の中にその身を預けた。

「私……ずっと自分は身代わりだと思っていました。だけど朱葉様が母だったと知り……こう思いました。鷹叡様の側仕えという務めを娘の私が継いだのだと。え、選ばれたんだって」

「……桃霞」

「これからは、そう、思っても……いいでしょうか。白龍月天子」

ぽろぽろと涙を零す彼女の濡れた頬を手巾で拭いながら、鷹叡は微笑んだ。

「ああ、そうだ。そなたは身代わりなどではない。選ばれて、私のもとへやってきたのだ」

鷹叡はそう言いながら、彼女の腕を縛っていた披帛を解いた。すぐさま桃霞は鷹叡の背に腕を回し、彼を抱きしめた。

「鷹叡様……鷹叡様っ」

わぁわぁと声を上げて泣く彼女に鷹叡は狼狽《ろうばい》しながらも、彼女を抱きしめそっと頭を撫でた。

「……桃霞、愛しているよ」

「愛しています……っ」

強いくらいの抱擁《ほうよう》が、鷹叡には心地よかった。

この腕の中にいるたったひとりの人物が、全てを満たし癒やしてくれる。そう思うことでようやく彼はがらんどうだった自分に気付かされたのだった。

# エピローグ

その日――。

天界では月天子の婚礼の儀が盛大に行われた。

鷹叡の隣に座る天香国色のごとき佳人は、花嫁の証である赤い薄絹を頭から被り、しとやかに祝杯を受けていた。

そんな彼らの様子を、叡清と玉麗は静かに見つめていた。

「……憎いですか？　あなたの最愛の人を奪った者があぁして幸せそうに笑っていて……」

彼女の言葉に、叡清は苦笑する。

「余は、この日をどういった思いで迎えるのかと常々考えていたが……どうだろうなぁ……不思議と、憎いとも、悔しいとも思わぬ。それはそうだな、あれを失ったのは余のせいであり、子である鷹叡の罪ではないのだから」

「そうですか」

「いい加減、弔《とむら》わねばならんな」

「亡くなったことを、公になさるのですか？」

「水龍神が不在の今、鷹叡の子は必ずや水龍神が生まれるだろう……もう、隠し通せるものではない。蝶花の死を」

「受け入れる気になったということですね」

玉麗の言葉に、叡清は苦笑する。

「そなたはよい皇后だな。愛してはやれぬが、傍において心地よい女人だ」

「もとより、愛情などという面倒なものは欲しておりませぬ」

淡々と語りながらも、彼女はふっと笑った。

「ですが、わたくしもあなたのお傍は心地よいと思っておりますゆえ、冥界の扉を開いたとき、ご自分も飛び込もうなどと二度とお考えになりませぬよう」

「心しておこう」

呂家一族とその女官の香蘭を冥界に落とした日――。蝶花恋しさに叡清が冥界の扉に無意識のうちに飛び込もうとしたのを、玉麗の手が止めたのだった。

「……あなたが禁忌を犯した罪を認めるお気持ちになったのなら、天界を統べるものとしてまだまだ生きてくださいませ。月天子の力はあなたをゆうに超えるものであっても、あまりに脆い……彼が天帝として継ぐのに相応しく育つまで、見守る責務があなたにはございますゆえ」

「厳《きび》しいの、そなたは」

「あなたも弱い人ですから。息子を恐れて弱点を作ろうなどと……」

玉麗の言葉に、叡清は苦笑した。

「朱葉……〝桃霞〟……か。偶然だよ、后よ」

「……そうでしょうか？」

「もうその話はよいではないか。めでたき日だ」

「あなたが心底そうお思いであるなら、黙りましょうか」

玉麗は微笑み再び祝杯を受けるふたりに視線を戻すと、叡清が彼女の手を握った。

「……月天子のご成婚、お喜び申し上げます。陛下」

「うむ」

玉麗はそっと叡清の手を握り返した。

＊＊＊　＊＊＊　＊＊＊

婚礼の儀が終わり、鷹叡と桃霞は離宮にある東の房室に来ていた。

桃の木が植えられている、桃霞に与えられた新しい房室だ。

広々としていて絢爛《けんらん》豪華な調度品が揃えられ、榻は赤い布地に金糸で葡萄唐草の模様が描かれている。

臥室にある臥榻も円形の大きなものであり、臥榻を囲う長く垂れた天蓋《てんがい》にも、蝶や花の刺繍がされていて、以前彼女が使っていた臥室に比べて格段と豪華になっていた。

儀式の終わりとして、鷹叡が桃霞の顔に被せられていた赤い薄絹を外す。

「疲れたか？」

思わず大きな息を漏らした桃霞に、彼が笑いながら聞いてくる。

「緊張で……目が回りそうでした。婚礼衣装も思いの外、重たくて……」

彼女が着ている赤い婚礼衣装の裾は数メートルはあろうかというものであり、重量はかなりあった。

「ご苦労であったな」

鷹叡は彼女の髻に飾られた、花や蝶を模した鍍金《ときん》の頭飾りを外す。

これもかなりおおぶりなものであったから、桃霞の頭をずっしりと重たくさせていた。

彼に長衣を脱がしてもらうと、体が楽になった。

長衣が脱がされればその下は吊帯長裙で、剝き出しになった桃霞の肩に鷹叡が口付ける。

「……やっと、夫婦になったのだな」

「そうですね」

感慨《かんがい》深い思いを抱きつつも、鷹叡との関係が大きく変わるものでもなかったから、少しだけ不思議な気持ちにさせられた。

日頃から彼が〝夫〟だと連呼していたせいもあるかもしれない。それがおかしくて思わず笑ってしまうと、鷹叡に不審がられた。

「なんだ?」

「いいえ、鷹叡様もだいぶお疲れになったのでは？　お座りになってください。お酒をお注ぎします」

臥榻の傍にある卓子にはお祝いの酒や料理が並べられていた。

形式上、今夜が初夜であるから滋養強壮《じようきようそう》によい食べ物がずらりと並んでいたが、その中にはきちんといつものように沙果も置かれていて、沙果を手に取り、桃霞は微笑んでしまう。

「……私よりも、まるでそなたのほうが沙果を好んでいるように見えるな」

「いつもと変わらないことが幸せに感じる場合もあるのですよ」

「変わらないことが幸せ？　……これから何千年も続くのだぞ?」

「あ、でも、そのうち鷹叡様と私にお子ができて、変化はしていきますね。鷹叡様のお子なら、可愛いんでしょうね……たくさん抱きしめてあげたいと、思っています」

「……今夜は房事はやめておくか」

ぼそりと呟く彼に、桃霞は驚いて鷹叡を見上げた。

「どうしてですか？　普段は、あ、あんなになさるくせに……今夜は一応〝初夜〟ですよ？」

「そなたが一日中、赤子を抱いている姿が目に浮かぶ……」

鷹叡が紅玉の双眸を不愉快そうに細めている。

「微笑ましいって思いませんか？」

「乳母に任せればよい。飲ませるのも龍の乳なのだからな。そなたがかかりきりになる必要もないだろう」

「えー……」

ところで龍の乳はどうやって手に入れるのだろう？

そんなことを桃霞が考えていると、体が突然宙に浮いた。

「よ、鷹叡様？」

運ばれた場所は円形の臥榻で、そこに押し倒される。

「そなたは私だけを見ていればいい。私だけを優しく抱け」

鷹叡の願うような命令に、桃霞は微笑んだ。

「鷹叡様は、本当に童子姿の頃よりも、子供っぽくて我が儘ですよね」

「私の知らぬ私の話をするな」

彼の唇が重なる。

黙らせるような口付けだったのが、徐々に深いものへと変わっていく。

帯は解かれ、無防備な白雪のような肌に鷹叡の唇が触れる。

「……ん」

彼の銀灰色の髪を撫で、甘い吐息を押し殺した。

鷹叡も自身が着ていた絢爛な紅色の婚礼衣装を脱ぎ捨て、美しくしなやかな体軀を露わにさせる。

（あなただけだって、本当はもうわかっているくせに……）

桃霞の心も体も、もうすっかり彼の色に染められて、他のどんな色にも変えられないということを。

頰を赤く染めながら、彼女の体は鷹叡の愛撫に敏感に応じる。

彼の温かな体や気に包まれて、いつも以上に幸せや悦びを感じた。

「——鷹叡、様……ン、っ」

花芯を撫でられ、細腰が跳ねる。甘美な感覚が広がっていくと腰を揺らさずにはいられなくなる。

「いい光景だな、桃霞」

「だ、って……鷹叡様の指、が……」

「気持ちいいんだろう？　さぁ、そなたも」

手を掴まれて屹立した場所へと導かれる。すっかり熱を持ち、太さも硬さも十分であったが、彼の肉棒は桃霞の手の中で更に長大なものへと変化する。

「あ……あまり、大きくしすぎては……私が、その……」

「挿れたときに……良すぎるか？」

金と紅玉で作られた耳墜が揺れる耳元で低く囁かれ、思わず体が震えた。

「も……ずるい、です」

どんなふうにすれば桃霞が我を忘れるほどに悦楽に溺れてしまうのかすら、彼はもう知り尽くしている。

彼の、舌で、唇で、声で、散々内側を蕩けさせておいてから入り込んでくる。

――今だって、もう。

「桃霞……足を」

彼は最後までは命じない。だけど、桃霞にはどうすればいいのかわかりきっていて、真新しい花柄の衾褥の上で、両足を大きく開いて見せた。

羞恥心で体が熱くなり、呼吸が荒くなる。

鷹叡は、呼吸が荒くなって桃霞の胸が上下に動き、揺れる様子が好きなようだった。こういうときはいつも彼女の白い乳房に視線がある。

「あぁ……桃霞……美味しそうだ」

乳房を揉み、口付けをしながら鷹叡は桃霞の体を割って、内側に入り込んでくる。

「……ん、んんんっ！」

腰がビクビクと跳ねる。濡襞に肉棒が触れただけで全身が甘美な感覚に包まれて、最奥を突かれた瞬間、達してしまう。

「……最近の桃霞は、本当に堪え性がなくなってしまったな」

意地悪そうな紅玉の双眸が妖しい色に変貌し、獣性を剝き出しにした表情で桃霞を見下ろしている。

「ん……ん、ふ……ぁあ……ぁ……鷹叡、さ、ま」

陰唇が彼の肉棒を締め付ければ、それはいっそう大きさを増す。

達した体はまたすぐに快楽を欲して熱を持ち、最奥が疼いた。

「あぁ……そこ……その場所……っ」

淫らな行為だとわかっていても止められず、桃霞は左右に大きく開いていた足を彼の腰に巻き付ける。

鷹叡が彼女の耳元で面白そうに笑った。

「……それで？　どうするんだ？」

「鷹叡、様……あぁ……っ」

最初はためらいがちに揺らしていた腰も、気付けば臥榻が軋むほど激しく振ってしまっていた。

鷹叡の体の下で桃霞が喘いで、小さな絶頂に何度も襲われている間、彼は彼女の体に挿し込んだまま少しも動いてはいない。思う存分、桃霞に己の体を楽しませることに興味を持ってしまっているようだった。

最近ではずっとこんな感じなのだ。

始まってすぐには彼は動かず、桃霞だけが鷹叡の体で乱れてしまう。

「……可愛いね……桃霞。そんなに気持ちいいか？」

「いい……の、いい……」

すすり泣きながら答える彼女にも、彼はひどく興奮するようで楽しそうに声を弾ませている。

「今日はもう満足したのか？」

腰の動きが止まった桃霞を煽るように、彼は腰を前後に揺らした。

「あ……あ、あ……は……あっ」

煽られて湧いた悦楽を追うように再び桃霞が腰を使い始めると、彼は再び最奥に留まるように体を押し付けて、腰を揺らすのをやめてしまう。

「鷹叡様……好き……好きです」

「あぁ、好きだよ」

「口、も……欲しい……」

「ん」

唇を欲し、鷹叡が応じると、桃霞は彼の口腔内に舌を入れて舌を搦めとる。

「ん……ん……っ、う……んン」

鷹叡の唾液を嚥下しながら、最奥の熱が小さく破裂する感覚に体を震わせていた。

「……今日は一段と激しいね。丁度よかったよ」

何が丁度いいのかわからず、桃霞は彼の逞しい体にしがみついたまま体をくねらせていた。

「ん……ん……あぁ……あ、あ……」

「ほら、もっと言いな。いいって……言うほどに興奮して、堪らなくなるのだろう？」

意地悪な声が響くが、実際そうだった。

自分が自分でなくなるくらい、わけがわからないような淫猥な言葉を吐き出すほどに興奮して快感が強まってしまうのだ。

「ああ、いいの……いい……っ」

「……くちゅくちゅと音がしているのが、わかっているか？　桃霞の、音だよ」

「い、あ……っ、あああ！　あ……ぁ」

「ほら、もっと動いて……音を聞かせて……」

甘い囁きは、淫靡な誘惑の声だ。

毎夜、これを繰り返されて、桃霞はおかしくなってしまった。

「ふ……自分でも、言ってごらん。桃霞の、どこが、どうなっているのか」

「わ、わた……し……鷹叡様の、に……貫かれて……あそこ、が……あっ、ああ……！」

「……最後まで、言えるくらいには、保とうか？　堪え性がなさすぎだよ」

達してぶるぶると体を震わせている桃霞を、軽く叱るように言いながらも彼は笑っていた。

「だ、って……気持ちいい……の」

ふっと目を開けると、彼はどこか違う場所を眺めていた。

いつもは目を開ければ必ず目が合っていたのに……と、不審に思いながら彼が眺めている方向を桃霞も見た。

「あぁ、もう気が付いてしまったか」

残念そうに彼は言いながらもどこか楽しげに、腰を揺らし始めた。

「い、ぁ……や……やぁ……っ」

臥榻の横には、ふたりの房事の様子が映せるほどの大きな鏡が置いてあったのだ。

鏡の周りには花びらを模した鍍金の飾りがあり、美しい花の形の鏡ではあったが、映っている淫猥な自分の姿に忘れていた羞恥心を思い出す。

「な、何を……置いて……っ、あ、ン」

「そなたは私にしがみついてしまうから、どんなふうに動いているのか見えなくてな。東の房室の臥室には鏡を置こうと決めていた」

「き、決めていたって……も……鷹叡様、性格……悪い、ですっ」

「楽しそうにしているように見えていたのだが？　性格が悪いとは、聞き捨てならないな。さて、そろそろ私もそなたの体で楽しませてもらおうか」

鷹叡は桃霞をうつ伏せにした。

「腰を上げて」

「ん、ぅ……こ、これ……今日は、い、や」

「桃霞、嘘はいけないな。桃霞は後ろから挿れられるのも、好きだろう？」

彼が言うことは本当だった。

正面で抱き合って自分が貪るように鷹叡と交わるのも、後ろから獣《けもの》さながらに彼に体を貪られるのも、好きで堪らなかった。

けれど今日は真横にある鏡が気になって、その姿勢を恥ずかしく感じてしまうのだ。

「無理やり抱いてもいいんだよ？　あぁ、たまにはそういうのも、したい感じか？」

「しょ、初夜ですよ！」

「一応ね」

「……一応、ですけど」

「夫が言うことは素直に従ったほうがいいのではないかな」

「か、鏡……あんまり、見ないでください……ね」

おずおずと腰を上げる様子が面白かったのか、鷹叡は微笑んで彼女の臀部をそっと撫でる。

「あまり、鏡のことは言わないほうが身のためだ。色々やってしまいたくなるからね」

「それ……今日は聞かなかったことにします」

「じゃあ、今日は色々するのをやめておこう。まだまだ時間はたっぷりあるのだから」

「んっ……」

腰を高く上げた姿勢で後ろから貫かれる。

さきほどまで桃霞が自由に彼の体を貪っていたように、今度は彼が彼女を貪る。腰をくねらせたり、前後に動いて揺さぶったり、気が済むまで桃霞の体を楽しんだ。

「あ……っ、あ……あぁ……っ……ふ……あぁン……」

「あぁ……いい……桃霞の中は……堪らないね」

「わ、私も……はぁ……あ……いいの……いいっ」

「――出すぞ」

低く唸るような声が聞こえて、内側に熱い飛沫《しぶき》を撒《ま》かれた。

最奥が熱を悦んで受け止め、飲み込んでいく――桃霞はそんな錯覚に陥りながら大きく息を吐き、くったりと体を横たわらせた。

可愛かったなどと囁かれて、頬を染める桃霞の体に、彼が衾をかける。

「飽きるほど毎日抱いていても、そなたの体を見てしまうと劣情にかられて困るな」

「あ、飽きられても……困るので、回数を減らすなり、工夫をしましょう」

「工夫――ね」

鏡越しに彼と目が合い、桃霞は思い切り頭を振った。

「そういうことではないです！」

「そうか」

彼は笑いながら桃霞の頭を撫でた。

厭世的な目をして、微笑むことすらままならなかった鷹叡が、今ではすっかり笑えるようになっている。

桃霞は振り返って、彼の体を抱きしめた。

「ん？　まだ足りないか」

「そうじゃないですっ」

「じゃあ、どうした？」

彼女は息を吐き、なるべく明るく告げる。

「天界の掟で、浮気はナシ！　とか……ないんでしょうか」

「浮気？　そんなのは許さないが、あれだけ私の体を貪っておきながらそなたはまだ足りないとでも？」

「わ、私の話ではなくて……」

もう彼は以前の彼ではない。

力の制御もできる立派な月天子だ。その上見目麗しく、見るものを魅了してやまない容貌を持っているから不安にさせられた。

鷹叡の父が側室をもたないのは特別な理由があるからであり、側室制度がないわけでもなかった。

「……そなたは、まだ、わかっていないのか？　また手を縛って目隠しされなければわからないなら、あのときと同じことをしようか？」

「あ、あれは嫌です！　拷問と同じじゃないですか」

「理由は言ったはずだ。桃霞がいるから私は自分を保てるが、そなたがいなければ、どうなるかはもうわからない。そんな私が〝他〟を求めると思うのか？」

「……鷹叡様」

「他の連中もそんなに愚かではない。父帝がくだした罰の重さを天界人は誰も忘れはしないだろう。誰も触れてはならぬのだ。私にも、そなたにも」

「……」

香蘭を思い出してしんみりとした顔を彼女がするから、鷹叡は桃霞の白い頬をつねった。

「い、痛いですっ」

「一応、初夜だというのに、浮気の話をするから、思い出したくないことも思い出すのだろ」

「すみません……でも」

「不安だったら一日中私を抱きしめておけ」

鷹叡の言葉に、桃霞は上目遣いで彼を見た。

「本当に、そうしますよ」

「どうぞ」

「私！　本当は甘えたいほうなんです！」

「だから、構わぬと言っている」

「じゃあ、はい」

ぎゅうっと彼女は彼の体を抱きしめる。そんな様子を鷹叡は微笑んで見ていた。

（私だけを、優しく抱き続けていればいい）

思惑通りだとほくそ笑んで、彼は新婚初夜を大いに楽しんでいた。

何年経っても、何も変わらない。

変わらないことが幸せなのだと、思わされるとは思ってもいなかった。

けれど退屈すぎるくらいの長い年月が緩やかに過ぎていっても、これからはきっと楽しいのだろう。

ふたりが共にいられるのならば――。

# あとがき

こんにちは、桜舘《さくらだて》ゆうです。『天上艶戯《てんじようえんぎ》　銀《ぎん》の皇子《おうじ》は無垢《むく》な桃花《とうか》を寵愛《ちようあい》する』をご購入くださいまして、まことにありがとうございました！

初めての中華風ファンタジーということで、少しだけ資料を集めるのに苦労しました。これの名称はなんていうんだろう？　と調べる時間が長かったような……。

今回は縁があって北燈《きたあかり》先生にイラストを担当していただきましたが、桃霞の着ている衣装がどれも思っていたとおりだったので、とにかく凄い！　と思いました。

絢爛豪華で、艶っぽいイラストを描いていただき本当にありがとうございました♪

お気に入りのシーンは、鷹叡と桃霞が四阿でおやつを食べているところです。桃霞可愛い！　と悶えました。

ちび鷹叡も可愛かったですし、大人になった鷹叡の美しさは圧巻です。素敵なイラストを本当にありがとうございました。

今回も色んな方々のお世話になりました！　いつも本当にありがとうございます。

最後になりますが、たくさんある本の中から拙作を手にしてくださったみなさまに、心より感謝しております。少しでも楽しんでいただけたら嬉しいです。

桜舘ゆう

# 天《てん》上《じょう》艶《えん》戯《ぎ》
# 銀《ぎん》の皇《おう》子《じ》は無《む》垢《く》な桃《とう》花《か》を寵《ちょう》愛《あい》する

ティアラ文庫をお買いあげいただき、ありがとうございます。
この作品を読んでのご意見·ご感想をお待ちしております。

✦ ファンレターの宛先 ✦
〒102-0072　東京都千代田区飯田橋3-3-1
プランタン出版　ティアラ文庫編集部気付
桜舘ゆう先生係／北燈先生係

ティアラ文庫&オパール文庫Webサイト『L'ecrin《レクラン》』
http://www.l-ecrin.jp/

---

著者——**桜舘ゆう**（さくらだて　ゆう）
挿絵——**北燈**（きた　あかり）
発行——**プランタン出版**
発売——**フランス書院**
〒102-0072　東京都千代田区飯田橋3-3-1
電話（営業）03-5226-5744
（編集）03-5226-5742
印刷——誠宏印刷
製本——若林製本工場

ISBN978-4-8296-6782-8 C0193